大活字本シリーズ

城山三郎

百戦百勝《上》

働き一両・考え五両

埼玉福祉会

百戦百勝

働き一両・考え五両

上

装幀　関根利雄

目次

序章　都心の妖怪《ようかい》

七階建のビルの中は、がらんとしていた。

正月元日のことでもあり、日本橋《にほんばし》のオフィス街に在《あ》るそのビルに、人気《ひとけ》がないのは当然であった。一階の商店街はじめ、各階のどの会社も、二、三日前から休業。壁も床も冷えこんだ中に、わずかに保安灯だけがついていて、幽霊の出る古城にでも迷いこんだ感じである。靴音だけが、高く壁にこだまを返した。

歩いているのは、角力取《すもうと》りのような大男であった。名は、春山豆二《はるやままめじ》。

下り目と下り眉《まゆ》、大きな福耳。頭は、八分通りはげている。

豆二は、勝手知った非常口から、そのビルの中へ入ってきた。豆二が訪ねようとするのは、ビルの所有主兼管理人兼掃除婦であるお安《やす》ばあさん。一階の歩道に面した花屋も経営している老女である。

もちろん、この日、花屋は閉店。非常口脇《わき》の小さな管理人室をのぞいたが、そこにもお安の姿はなかった。ただ、新聞や、わずかの年賀状、それに、ひとり占いのトランプなどが散らばったままで、遠出した様子ではない。

「お安のやつ、どこへ行ったんだ」

つぶやきながら、豆二は一階の廊下を歩いた。そして、エレベーター・ホールまできて、ぎくりとした。

二基のエレベーターの中、一基が動いていた。階数を示す数字に、6５４と、サインの灯が入って行く。

「来ている人間があるんだな」

すると、その声がきこえでもしたように、灯は、４５６７Ｒと上って行って止まった。

Ｒとは、屋上である。正月の寒空の下、屋上へ出るとは、よほど酔興か、気のおかしいやつと思ったが、そのとたん、Ｒの灯は、ウインクするように点滅したかと思うと、また下へ動きはじめた。

７６５４３

そこで止まると、くるりと尾をひるがえし、

３４５６７

無人同然のビル内のことである。各階の人々が上下しているわけではない。だれかが、エレベーターをいじっている。

7
6
5
4
3
2

エレベーターは、また下りてきて、そこで再びはね上って行った。

2
3
4
5
6
7

「ドレミファソ、ソファミレド」などと、ピアノのキイをいたずらしているような動きである。豆二は、下っている眉《まゆ》をつり上げた。これが自分の会社なら、雷を落とすところである。

「だれだ、エレベーターであそんでいるのは」

吐き出すようにいったあと、豆二は、ぞっとした。

正月でビルは無人。オフィス街のことであり、外から子供などがしのびこむということもない。とすると、まるでエレベーターが、生命を持って、自由に遊び出したかのようである。

豆二は、呼びボタンを強く押した。

５４３２１
エレベーターは静止し、えんじ色のドアが開いた。

瞬間、その中から、髪をふりみだした妖怪《ようかい》のようなものが、おどり出てきた。

「あっ！」豆二は思わず声を上げた。ついで、その妖怪の正体を見て、にが笑いとともに、

「なんじゃ、お安か」

「なんじゃとは、なんや」

お安は、欠けた乱杭歯《らんぐいば》を見せて、突っかかってきた。

「あんた、いい歳して、いったい何をやってるんだ」

「見たとおりや。エレベーターであそんでたんや」

灰色に汚れた髪をふるわせて、答える。いつものくたびれたヨウカン色の着物。すり減った下駄。

この老婆が、歯の欠けた口で笑いながら、だれも居ない近代的なビルの中で、たったひとり、エレベーターにのってあそんでいる――。

豆二は、声が出なかった。こっけいというより、鬼気迫る感じがした。

「……正月なのに、どこへも行かんのかい」

「行きゃ、金がかかるやないか。それに、テレビの公開番組見に行くんが、わてのただひとつのたのしみやが、どこも正月番組をみんな暮の中に録画してしまったさかい、どこへ行っても、正月中はひとつも公開番組見られへん。出かける先がないわ」

「…………」

「それに、あんたかて、わてがここからどこへも出かけんの知って、訪ねてきたんやろ」

「そりゃそうだが、しかし、まさか、エレベーターで……」

「指先ひとつで、こんな大きな鉄の箱がおとなしゅう動くんや。運転いうんは、たのしいもんや」

ボタンを押すだけのことで、運転というほど大げさなものではない。

だが、お安は、歯の欠けた口をあけ、いかにもたのしそうにいった。

「ふだん、わてがのると、汚ないばばあ、どこから来よったと、サラリーマンたちににらまれるよってな。わてがこのビルの持主いうことも知らんで。けど、ビルの評判落とすと、わての損になるさかい、辛抱しとったんや」

お安は、そういってから、豆二に向かい、

「どや、いっしょにのらへんか。わてとアベックも、わるうないで」

かすれた声で笑った。

豆二は、気が進まなかった。たとえ用があるといえ、正月早々、こんな妖怪《ようかい》のような老婆と、密室にとじこめられたくはない。

だが、大男のくせに、まるで目に見えぬクモの糸にからめとられるように、豆二はエレベーターの中へつれこまれた。

「さあ、わてらアベックだけや」

お安は、幾重《いくえ》もの皺《しわ》の中の目を細め、筋ばった指で、ぽんと「7」を押した。

エレベーターは、軽快に上昇しはじめた。お安は、豆二の腹あたりに、そのみだれた髪を寄せてきた。

「久しぶりに二人だけや。何とのう、変な気になるやないの」

変な気どころか、豆二としては、身ぶるいしたいほどである。

それに、お安ひとり長時間こもっていたせいか、エレベーターの中には、すえた体臭のようなものがこもっていた。

「何か、におうな」

「それは、金のにおいや」

「…………」

「わてら、金持二人がのってる。金のにおいが溢《あふ》れ返っとるんや」

流し目で見上げながら、お安は、また顔を近づけてきた。

豆二は払いのけるように、

「それにしたって、エレベーターを動かしゃ、電気代がかかるじゃないか。わしの会社で計算させたところでは、たしかエレベーターが一回止まるたびに、十六円とか、かかるはずだった」

お安は、低い鼻の先で笑った。

「心配要《い》らへん。エレベーターの電気代は、このビルに入っとる会社へ割りふるだけや。わては一文も払わんでええ。乗り放題や」

エレベーターは七階に止まり、ドアが開きかかった。とたんに、お安は指をはずませ、「2」を突いた。

ドアは閉まり、エレベーターは地底へ吸いこまれるように下りはじめる。指示盤の灯《ひ》が、654と走って行く。ただそれだけのことである。景色が見えるわけでも、スピードが変わるわけでもなく、少しもおもしろくない。これをひとりでくり返してたのしんで居るというのは、やはり、精神異常か、一種の妖怪《ようかい》である。

灰色のざんばら髪、こけた頰《ほお》、歯の欠けた口、ヨウカン色の着物、ちびた下駄――見れば見るほど、妖怪に近い。女ながらに、東京という大都会の血を吸って生きている妖怪。

エレベーターが二階で止まると、その妖怪の骨と皮ばかりの指が、すかさず、今度は、「R」を押した。エレベーターは、屋上に向かって上昇に転じた。

豆二は、落ちつかなくなった。こんなことをしている中、もし、停電なり故障でもしたら。

正月のビルのエレベーターの中で、老人の男女二人があそんでいようとは、だれも考えまい。気づかれぬまま、仕事はじめの五日か六日まで閉じこめられ、そのあげく、化物《ばけもの》でも発見したような大さわぎになる——。

豆二は、早く下りたくなった。

ただ、お安の上きげんの中に、わざわざやってきた用件を切り出しておく必要がある。

「今度、うちの会社でも投資信託をはじめる。ハルマメ・オープンという名でな。そこで、あんたに一千万でも二千万でも、応援してもらおうと思って」

お安は、急に、しゃんとした声になった。

「一千万、オープン投資信託を買えというんか」

「あんたの財産の一パーセントにもならんだろう」

「何いうてんや。あんたの財産こそ何百億。一桁《ひとけた》ちがい。ほんま、桁ちがいや」

「それにしても、お互い、一代でようもうけたものだ」

大男の豆二と、小女のお安が、エレベーターの中で顔を見合わせた。

しげしげと、相手を見つめる。

米問屋の倉庫に寝起きしていた小僧と、安食堂で働いていたまだ初初しいお下げ髪の少女の五十年後の姿――。少しばかり劇的で、胸がつまりそうになるところだが、お安は、すぐまた皺《しわ》だらけの顔をしかめた。

「わてはエレベーターであそんどる。それなのに、正月早々、大社長のあんたは、商売にくる。桁《けた》ちがいになるはずや」

エレベーターは、七階に着いた。

「けど、投資信託の設定なんて、大仕事やな。四大証券の後追ってやるんや。よほど、新聞やテレビで大宣伝せんと、客は集まらへんで」

ドアが開き切る前に、お安の指は、「3」を突いた。一階へ下りるつもりはないらしい。

「おい、たのむ、もう下してくれ。目が回る」

豆二は悲鳴を上げた。

「乗物好きやいうに、あかんな」

「……茶でも出してくれ」

「よしゃ」

だが、エレベーターを下り、管理人室へ行って出されたのは、コップに汲《く》んだ水であった。馴《な》れているので、豆二はおどろきはしない。

「正月早々、ひとの寿命や災難を占うのも、ええもんや」

お安は、散らばっていたトランプをかたづけはじめた。エレベーターあそびの前は、ひとり占いをたのしんでいたらしい。

かたづけたトランプを、お安は小さな神棚に上げ、手をたたいた。

灯明が、消えかかっている。

四畳半ほどのせまい部屋、くたびれた着物。それだけ見ていると、お安の生活は、もう何十年もの間、少しも変わっていないかのようである。

「冬子《ふゆこ》さん、元気かい」

お安は、豆二の妻の名を気軽に呼んだ。豆二がうなずくと、

「当分、死にそうにないな」

「……うん」

「インテリのくせして、ええ奥さんや」

ほめたあと、すぐ続けて心外そうに、

「ええひとほど、早う死ぬというのになあ」

湯のみについだ水を一口のみ、

「あかんなあ。占いによると、あと十年は生きそうや」

ちょっと声を落としたと思うと、すぐまた元気よく、

「けど、わては、もっと長生きするで。ひょっとすると、百五十まで生きるわ」

お安は、思い出したように、また腰を上げ、神棚からトランプを下した。カードの四隅は、すりきれて、まるみを帯びている。

お安は、針金細工のような指で、カードを切り出した。うす笑いを浮かべながら。

「ひとりで他人のことを占っているのか、気味のわるい女だな」

「これも、金は要《い》らへんしな」

お安は、そういってから、豆二に向き直り、

「ところで、あんた、ごく近い中、ふるえ上るようなことがあるで」

「えっ、そんなバカな。おれはもう大きな相場をはっとるわけでない。それに、今度のハルマメ・オープンが仮にうまく行かなくたって、別に損するというわけでもないしな。ふるえ上るような心当りはないわ」

だが、お安は、断乎《だんこ》とした口調でいった。

「何のことかは知らんよ。けど、あんたは、ふるえ上るんや」

「おかしいな」

「ほんま、おかしいよ」

「…………」

「いえ、わてがおかしいいうのは、そのふるえ上ったあと、最後は吉と出とることや」

残念そうに口をすぼめていう。

「吉なら結構だ。ふるえ上ることもないだろう」

「いや、ふるえ上る。それは、はっきり出とるんや」

お安は強調した。豆二は、ふきげんになった。

「正月早々、縁起でもない」

「大男が何やね。顔色わるうして」

黙りこむ豆二に、お安は叱《しか》るようにして、つけ加えた。

「あんた、これまで何べん何十ぺん、ふるえ上ってきた？　それ思えば、あと一ぺんや二へん、何やね」

お安の不吉な予言が適中したのは、それから三日後の深夜のことであった。

事件は、麻布三河台《あざぶみかわだい》に在る広壮な春山豆二の邸《やしき》の中で起った。

時刻は、午前一時を少しすぎたところ。豆二、冬子の夫婦は、床の間に川合玉堂《かわいぎょくどう》の絵のある十畳の寝室で、床を並べて休んでいた。

あやしい物音に、冬子がまず目をさました。その時刻にだれも歩くはずのない廊下を、足音が近づいてくる。それも、「抜き足差し足忍び足」という表現がぴったりの歩き方である。

足音は、夫婦の寝室の前まできて、とまった。

邸《やしき》の一隅に寝起きしている二人の若い社員や、女中の中のだれかなら、そこで声をかけてくるはずである。だが、足音の主は、無言のまま、たたずみ、あたりの気配をうかがっている様子であった。

——おや、泥棒さんかいな。

夫の豆二を起そうとしたが、軽い寝息を立て、天下泰平といった寝顔を見ると、気が変わった。業界では、度胸のある男として有名な夫のことである。泥棒に対して、どんな風に出るか、ひとつ見物してやりましょ。

冬子は、豆二を横目で見ることができるように、少し頭の位置を動かすと、そのまま狸寝入り《たぬきねい》りをきめこんだ。

部屋の戸が少し持ち上げられるようにして、音もなく開いた。行灯《あんどん》型《がた》のスタンドの灯《ひ》だけでほの暗い部屋に、懐中電灯の光の輪が入ってきた。

光の輪は、まず冬子の上に落ちた。まぶしかったが、こらえていると、光は去った。

冬子がうすめをあけると、光の輪は、今度は、もろに豆二の顔にかぶさった。その枕《まくら》もとに、賊は黒い影になって立ち、右手に刃物を光らせている。

賊はさらに電灯の光を、豆二の顔に近づけた。寝息は消えたが、それでも、まだ豆二は眠っていた。

「起きろ!」声と同時に、賊はたまりかねたように、豆二の枕を蹴《け》った。

豆二の頭は、地ひびきを立てるようにして、敷ぶとんの上に落ちた。

「おうっ」豆二は、はじめて声を出した。その胸もとに賊は包丁をつ

きつけ、

「起きろといってるんだ」

豆二は細い目をあけた。その目の前に光る包丁をみて、ようやく様子がわかった。

豆二は、光の輪を浴びながら、むっくり上半身を起し、ついで、ふとんの上に立ち上った。

六尺近い大男が突っ立ったのを見て、強盗はぎくりとした。一歩後へとびさがり、包丁を構えた。

「お、おとなしくしろ」

だが、賊がひるむほどのことはなかった。大男の豆二が、子供のようにおびえに包まれ、がたがたふるえ出すと、歯まで鳴らしはじめたのだ。

これには、薄目をあけて見物していた冬子も、おどろいた。

――うちのひととといったら……。

見そこなうというより、にわかに豆二がいとしく見えた。

――業界では、まるで鉄人のようにおそれられているが、このひとは、やはり、ただの人間だった。いいわよ。わたしがついてる。もっともっと、ふるえなさい。

豆二の態度に、強盗もおどろき、冬子もおどろいたが、それ以上にだれよりもおどろいているのは、実は当の豆二自身であった。

相場の争いが昂《こう》じたあげく、身の危険を感ずるような脅迫にさらされたことが、一度や二度でなかった。暴力団にとり巻かれたり、机に短刀を突き刺されたりした。豆二の部下が斬《き》りつけられたこともある。

だが、いずれの場合も、豆二は象のように泰然とし、むしろ、ますます敵意を燃やして立ち向かい、相手をのみこんでしまったものだ。

そうした豆二にしてみれば、強盗の一人や二人、何でもないはずであった。恐怖など感ずるはずはないと思うのだが、現実に、豆二の身ぶるいはやまない。歯がカチカチ音を立てるのが、自分でも情なかった。

「ふるえ上る」というお安の予言は、このことなのかと、苦笑が出た。ふるえるはずもないのにふるえているのは、お安の暗示にかかっているためであろうか。

「か、金を出せ」と、強盗。

「そ、そんなものはない」と、豆二。

お安に見せたくない図である。もちろん、妻の冬子にも見られたくない。これでは、ますます頭が上らなくなる。しっかりしなくてはと思うのだが、身ぶるいはとまらなかった。

――これが仕事に関することなら、こわがるどころか、こんな男は突きとばしていたであろう。いったん仕事を離れてしまうと、おれは、からっきし、だめな男になる……。

豆二の本格的な身ぶるいに、強盗はようやく己れをとり戻した。

「財布はどこだ。金庫はどこにある」

包丁を、豆二の腹につきつけた。

冬子は、隣りの床から薄目をあけて見つめていたが、見物はもうこれまでと思った。

　半身を起しながら、

「泥棒さん、うちのひとは、財布を持たないのよ」

　強盗は、とび上るようにして、冬子を見た。

「お、おい、急に声を出すなよ」

　冬子は、構わず続けた。

「それに、金庫もないわ。だって、うちは証券会社でしょ。金庫の中に金を眠らせておくなんてことはしないのよ」

　豆二も、そこでようやく立ち直った。

「そうだ。もし、きみもあそんでいる金があったら、今度うちではじめる投資信託に預けないかね」

「ふざけるな。金があったら、強盗なんかするか」

賊は、包丁を持つ手をふるわせて怒った。

「それもそうだな」という豆二。

「お気の毒ねえ」と冬子。

「やかましい。とっとと、有り金そろえて出せ」

強盗は、包丁の刃先で豆二の腕を軽く突いた。小さな赤い点から、血がにじみだす。賊は、そうして豆二を牽制《けんせい》しておいた上で、今度は、冬子に刃を突きつけ、帯ひもで豆二の手と足をしばり上げさせた。

「さあ奥さん、どこからでもいい、金を出すんだ」

頬《ほお》のこけた強盗は、まだ若く、感情も不安定のようである。これ以上じらせて、刃物をふるわれてはまずい。

「仕様がないわねえ」

つぶやきながら、冬子はまず、自分の物入れから三万円あまり。続いて、豆二のポケットの底をゆっくりさぐって、五万円。

「まだ足りないかしら」

「……あ、あたりまえだ。これだけの邸《やしき》で、これっぽっちということはあるまい」

「そうすると、あそこに置いてあるかしら」

冬子は、小首をかしげて見せた。

「あそこってどこだ」

「応接間の電話台のところよ。うちのひと、忘れっぽくて、よく、あそこに、三万、ここに五万と、金を置き忘れるの。お金つかんで出かけようとして、電話がかかってくると、そのまま、電話台に忘れて行ってしまうのよ」

手足をしばられた豆二は、ふとんの上に、寝ころんでいた。もう歯は鳴らなかった。冬子のことだ。きっと、うまくやってくれるだろうと、今度は、豆二が見物役に回っていた。

冬子は、わざわざ乱暴に音を立てて戸を開け、廊下に出た。

「たくさんお金が忘れてあるといいわね、泥棒さん」

「し、静かにしろよ。それに、泥棒さんなんて、よせ」

「じゃ、何といえばいいのかしら。泥棒さん」

「黙れ！」

「せっかく、こんな夜ふけに無理して入ってきたんでしょ。どうせ、うちのひとが忘れる金なんだから、あなたにあげたいのよ」

しゃべりながら、冬子はわざとゆっくり歩いた。

春山邸の二階には、若い社員が二人、寝泊りしている。その耳に届くようにという計算である。

電話台には、小ひき出しがあり、五千円札が七枚入っていた。いつか豆二が忘れたのを、冬子がそこへ入れておいたのだ。

「なんだ、これだけか」といいながらも、賊は味をしめたようで、

「ほかにどこか、忘れて居そうなところはないか」

「そうねえ、お便所かしら」

「まさか」

「ほんとよ。あのひと、よく便所の棚にも札束を置き忘れるのよ。ズ

ボンのポケットなどからちょっと出して置いて、そのまま出かけてしまうのよ。いつか、二十万円の札束が、便所の棚に忘れてあったわ」

冬子が屈託なく話し出す。賊はあわてて、包丁の柄《え》で冬子の肩をたたいた。

「声が高い」

「そうかしら。わたし、ふつうに話しているつもりよ」

冬子はわざとゆっくり歩き、便所の前に立った。

「ちょっと外で待ってて。わたし、ついでに用も足したいから」

「だめだ。金だけ、さがしてこい」

「金だけといったって、わたしの方もだめなのよ」

冬子は、そこでまた押問答をはじめた。二階の社員たちに気づかせようという作戦である。

便所に入ってからも、時間をかけ、水洗の音も二回立ててから、冬子はゆっくり出てきた。

「あいにくだったわ」

賊は焦立《いらだ》ってきた。

「現金でなくとも、何か金目のものがあるだろう」

「そうね。それじゃ蔵へ案内しましょうか」

冬子は、強盗の先に立って、今度は少し速足で歩き出した。

実は冬子は、水洗の音の中で、二階の雨戸を開け社員が屋根づたいに出て行く音を、かすかに耳にしていた。警察が来るまで、何とか賊をひきとめておきたい。それには、蔵の中へひきこんで、十分に物色させてやるのがいいと思った。

春山邸の蔵には、横山大観《よこやまたいかん》の絵をはじめ、豆二が集めた一流画家の絵や軸がつまっていた。中には、一本一千万を越す貴重なものもある。

だが、賊には関心がなかった。

「なんだ、がらくたばかりじゃねえか」

そのとき、庭先で大きな音と叫び声がした。屋根づたいに出たはずの社員が、足ふみはずして転落した様子であった。

強盗は身をひるがえし、闇《やみ》の中へ走り去った。

次の日、各新聞の社会面に、春山邸の強盗傷害事件が、かなり大きくとり上げられた。豆二の写真をつけたところもあった。他に大きな事件がなかったせいもあるが、豆二は、戦前から戦後にかけての兜《かぶと》町《ちょう》において「常勝将軍」といわれたほとんど唯一の男であり、度々の仕手戦で、一方の雄として、いつも話題の人となってきたためでもあった。

記事を読んで、最初に豆二に電話をかけてきたのが、お安であった。

「どうや。わての占いどおり、やっぱ、あんた、ふるえ上ったやろ」

「……うん」

「けがまでさせられたんやってな。それでは、なんぼ大男でも、ふるえ上るわけや」

「…………」

「わてなら、泥棒と仲良うする術《すべ》も知ってる。けど、冬子さんは、なんぼ賢うて、しっかりしてても、しょせん、良家のお嬢さん上りや。

きっと腰抜かしてしまったんやろ。そこで、あんたが冬子さんかばうて、けがしたというわけやな」

お安は勝手にきめこんで、

「まあ、豆さんも、ええとこあるな」

そこまでたたみこまれてしまうと、豆二には、もう否定するきっかけがなかった。

お安は、続けた。

「わてにもうひとつ体があったら、夜は、あんたの邸《やしき》の警備係つとめてやったのにな」

「お安さんが？」

「ふしぎがることないで。わては、このビルの警備係もやっとるんや」

「清掃係のはずじゃなかったか」

「もちろんや。小さなビルのことや。便所や廊下の掃除なら、わての健康になって、金になる。むざむざ他人を雇うて、金払うことないよってな」

電話の向うで、お安は、しわがれた声でたのしそうに笑った。

「それと同じことや。警備係も、よぼよぼの男さんなんぞより、わての方が、はるかにしっかりしとるんや」

「そりゃそうだ。お安さんを見りゃ……」

「お化けのようだから、みんな逃げ出すといいたいんやろ。まあ、それでもええわ。それが金になるんやからな。みんなが寄ってくるようなら、今度は金が手々つないで、逃げて行きよる」

豆二は、焦々《いらいら》した。もともと、長電話がきらい。「電話三分、お客五分」をモットーとしている。

「用はそれだけかい。電話を切るよ」

「いや、ちょっと待って。あんたに、話があるんや」

「何だい」

「新聞読んで、何となく、あんたが哀れになってな。永いつき合いのことや、お見舞いせなあかんと思うたんや」

「お見舞い？　ケチ安さんがお見舞いくれるんかい」

「そうや。お見舞い代りに、あんたのとこの投資信託二千万円買うてやるが、どうや」

「いや、ありがと、ありがとうさん」

豆二は、急に生々した声になった。そして、電話に向かって、手が膝頭《ひざがしら》から下へ下るほど深々と最敬礼した。

事件のあったのは、日曜日の未明。このため、新聞に出たのは、月曜の朝刊である。

月曜の朝は、こうして、お安からの電話を皮切りに、見舞いの電話の殺到ではじまった。

豆二は、大男だけに大食である。朝飯も、大きな手に茶わんをつかみ、御飯は二杯半、味噌汁《みそしる》も二杯のまねば、気がすまない。その食事中にも、三本、電話が入った。

帯をきちんとしめ上げた和服姿の冬子に送られ、大型の高級車であるリンカーンにのって、麻布の邸を出た。飯は大食い、車も大きいのが、大好きである。

日本橋の本社ビルに着く。

地下二階地上八階の堂々たる社屋で、同じビルでも、お安のビルにくらべると、鉛筆を立てたのと、筆箱を立てたのとほどちがう。

大理石の床をふんで、大股《おおまた》に歩き、エレベーターにのる。四階で下り、「おはよう」といいながら、秘書課の前を通って社長室へ。さっと一通り書類に目を通し、主な報告をきくと、ズボンのボタンをはずしながらトイレへ。

ボタンをかけながらトイレから出てくると、一階下って、経理部へ。そこで部内を見渡しながら、報告をきき、さらに二階下って、営業部へ。刻々、市場から送られてくる相場をきき、次々に指令をとばす……。

毎日その動きや順序を変えることがない。このため、社員たちに「モノレール」と、あだ名をつけられていた。

ただ、この「モノレール」が、ときどき、きまって脱線する箇所があった。トイレに続く洗面所である。

豆二は、相場の思惑がはずれたとき、表情こそ変えないが、洗面所へとびこむ。そして、水をいっぱいためると、大きな顔からはじめて、丸刈りに近い銀髪まじりの頭にまで、思いきり水を浴びせて、ごしごし洗う。わるいツキを一切洗い落とそうとするかのように。

大男の社長が洗いグマのようになって顔を洗っている姿を見ると、

社員たちは、社長の思惑が狂ったな、と思う。だが、悲壮なものや、深刻な気配は、感じない。水の中に頭をつっこんで、ぶるぶるっとふるわせ、あたり一面に水しぶきをとばしている姿は、ユーモラスで、明るかった。

事実、豆二は、きれいさっぱりした顔になって、またモノレールを走り出す。当ってよろこぶこともなければ、はずれてふきげんになることもない。

ただし、この日の豆二の「モノレール」には、少々異常があった。行く先々で、あるいは、移動の途中で、「社長、お電話です！」の声がかかった。出てみると、その多くが、新聞記事を読み強盗の見舞いをかけてきたものであった。

大通りに面した一階営業部へ下りてみると、店頭に集まる客が、ふだんより、かなり多かった。

角力取《すもうと》りのような豆二が現われると、その客たちの視線が、いっせいに集まった。負傷したという二の腕のあたりをさぐる目もある。

豆二は、少々気はずかしかった。包丁の先で突かれたといっても、大男の豆二にしてみれば、蚊《か》に刺された程度のことでしかない。それなのに、活字になってしまうと、世間では、ちょっとした事件に受けとられてしまっていた。当人は平静なのに、世間の方で、さわぎ出している。

だが、いずれにせよ、店頭に客が集まってくれるのは、ありがたかった。

「春豆さん、たいへんだったな」

豆二に声をかけてくれる顔なじみもある。

春山豆二を略して「春豆」、縁起のいい呼び名だと、兜町での愛称になっていた。

「ありがとうございます」

豆二は、そうした客に、深々と頭を下げた。

大証券会社の社長である豆二に最敬礼されると、客は気分がよくなるのか、すぐ続けて声をかけたくなる。

「見舞い代りに、あんたのとこの投資信託買わせてもらおう」

「ありがとうございます」

豆二は、また最敬礼。両手が膝頭《ひざがしら》より下へ届くまで頭を下げるのが、豆二のしきたりである。大男の社長が文字通り体を二つに折って頭を下げるのだから、相手を動かす効果は大きかった。

もっとも、豆二は、別に計算があってそうするわけではない。感謝をあらわすには、それしかないと思っているだけである。

別の客が、すぐまた、声をかけてきた。

「おれも見舞い代りに十口ほど買おう」

ひきずられるように、同じような声が続いた。

店頭には、店の常連でない客も、つめかけていた。

米と株の二つの相場を通じ、豆二の敵方であった顔も、まじっている。

――あの春豆が、どんな面《つら》してるか、ひとつ見てきてやろう。

好奇心と、いまひとつ、リュウインを下げようという思いで、やってきている。

豆二は、戦前の米相場の時代から、「売方の英雄」として通っていた。

相場は、売りと買いに分れる。素人筋は、買いがわかりやすいこともあって、買ったものの値上りでサヤをかせごうとする。大きな値動きを示す代表的な株をめぐって、売手と買手ががっぷり四つに組み合ういわゆる仕手戦では、買方に追随して、「提灯買い《ちょうちんが》」に出動する人が多く、市場の人気は、おおむね買方について沸騰する。史上、相場師としてもてはやされた英雄たちの多くは、買方であった。やり口も派手なら、生活も派手。そして、人気も派手であった。

これに対して、同じ英雄でも、豆二は、ほとんど売り一方。売方の大将であった。豆二は、話をするとき、よく手ぶりを加えたが、それが、ときどき、相手に掌《てのひら》を見せ、かぶせておさえつけるような手つきになる。その手つきは、市場で場立ちが「売り」を示すときの手つきであった。

このため、「春豆さんは、話しているときでも、手はいつも売りだ。骨のズイまで売りがしみこんでいる」と、うわさされた。

よくある手つきだが、豆二がやると、そんな風に見られるらしい。それほどまでに豆二は、ひとびとに「売方の大将」として眺《なが》められていた。

豆二が売り一方になったのには、それだけの理由があった。

買い占めや買い漁りをやれば、結果は、米価をつり上げ、庶民の生活を苦しめることになる。それよりも、相場の世界では仮にうらまれても、売り浴びせによって値を下げることになれば、庶民によろこばれることになるのではないか。

それは社会主義をうんぬんするというより、貧しい家に生まれ、「米の飯を腹いっぱい食いたい」と思い続けてきた豆二が、痛烈に肌で感じる理屈であった。

それに、ソロバンの上でも、豆二は買いより売りによるもうけが値打ちだと考えた。

たとえば、買方が値上りによって、ある程度の利益を上げたとしても、米中心の世界では、米価の値上りによって一般物価も上昇し、利幅はそれだけ値打ちを持たなくなる。

これに対し、売りによるもうけは、たとえば一石五十円で売ってお
いて、値下りの結果、一石三十円で買い戻すということになれば、二
十円の利幅が得られるだけでなく、その利幅の実質的な値打ちは、さ
らに増大する。というのも、米価の低落に伴って、一般物価も値下り
し、同じ二十円でも、金の値打ちがさらにふえるからである。

豆二は、右手に信念、左手にソロバンを持って、売り向かう。用意
は周到であり、腰はねばり強かった。敵に回せば、こわい相手である。
このため、戦前からの米相場や株相場を通し、豆二に敗れた買方たち
は、豆二を「悪役の大将」のように仕立ててきた――。

そうした連中までが、この朝、春山証券の店頭にやってきている。

だが、豆二は、彼等にもまた頭を下げた。

「どうも、お見舞いをありがとうございます」

最敬礼を浴び、得意客たちの注文ぶりを眺めている中、彼等の中には、巻きこまれて、投資信託を買う客も出てきた。

見舞いの電話に対しても、豆二は、まるでひとに向かい合っているように、受話器に向かって、最敬礼した。

すると、相手は、まるでテレビ電話で読みとったかのように、気分をよくして、ついでに、投資信託の注文をくれるのであった。

午前中の場である前場《ぜんば》が終わると、豆二は、エレベーターで四階の社長室に戻った。

昼食は、地階の食堂から取り寄せるチャーハン二人前ときめていた。

腹痛でもない限りは、毎日、必ずチャーハンをとる。米の飯をたらふく食わなければ、とても生甲斐《いきがい》はないというように。

社長室での昼食は、簡単な役員会を兼ねる。長男は夭折《ようせつ》しているが、春山証券専務である二男の豆次郎《まめじろう》、倉庫会社の社長である三男の豆造《まめぞう》、海運会社の社長である四男の豆四郎《まめしろう》と、三人の息子《むすこ》たちが並び、それに、幾人かの重役たちが加わって会食する。

息子や役員たちは、日によってメニューを変えるが、豆二は、米の飯を山盛りしたチャーハン一辺倒である。

この日、息子や役員たちからは、豆二が経験したのと同様、見舞いの電話を兼ね投資信託の注文が殺到してきたという報告があった。

豆二は、黙々とチャーハンを口に運びながらきいた。

一枚の大皿を空にし、さらに次の皿の飯の山にフォークをつきさしかけたとき、豆次郎専務が、感にたえかねたようにいった。

「本当に米の飯が好きですねえ」

「いまさら何をいう」

豆二がフォークの動きを止めずにいうと、

「先刻、すし幸《こう》のおやじからも、見舞いの電話がかかってきましてね。あそこも、うちの投資信託を十口買いたいといってきました」

「うん」

「そのとき、おやじがいってました。〝このごろ、ちょっとお見えじゃないが、とびきり上等のすし米が入りました、ぜひお越し下さい。社長ほど、米の飯をうまそうに食うひとはいない。まず社長に食ってもらわなけりゃ、米がかわいそうだ〟って」

「どこの米だ」

「それは……」

「だめじゃないか。産地をきいておかなくちゃ。そんなことじゃ、米相場は……」

いいかけてから、はっと気づいて、豆二は大きな手で照れかくしに顔をぬぐった。

米相場に明け暮れた時代は、すでに遠い。

いまは、米の商いが許されないのと同時に、豆二の事業自体も、証券会社を中心に、倉庫・海運・保険・不動産などの各社を合わせ持つ小型の財閥会社のようになってきている。

また、米相場が過去のものであるのと同様に、米そのものもまた、主食の王座を去ろうとしている。

それを思うと、米好きの豆二は、物悲しい気分にならざるを得ない。米あってこその人生ではなかったのか、と。

田舎《いなか》からはじめて上京し、先代がやっていたすし幸の小さな店へ連れて行かれたとき、豆二は生の魚が食べられず、のり巻ばかり食べた。すしそのものより、上等の米の飯がふんだんに食えるということが、何よりうれしかった。そのあと、小づかいをはたいてすし屋に行くと、また、のり巻ばかり注文した。そのため、「のり巻小僧」とあだ名をつけられたほどであった。

「その調子じゃ、二度と海外旅行はだめですね」

四男の海運会社社長がいった。

証券業界から渡米視察団が出されたとき、豆二は、団長となって元気よく出発した。だが、まだ日本料理屋の少ない折りであり、必死になって、中華料理やピラフ風の米飯などで間に合わせようとしたが、それでも三食そろってうまい米飯ばかりとは行かず、視察途中で、豆二団長はダウン。塩をかけられたナメクジのように、小さくしぼんで帰ってきた——。

豆二は、チャーハンをほおばりながら、つけ加えた。

「三食そろって、うまい日本風の米飯の食える保証をしてくれれば、行ってもいいがね」

ふっくらたき上った光沢のある白い米飯。豆二は、世の中にこれほどすてきな主食はない、と思う。

——日本人に生まれてよかった。

うまい米の飯にありついたとき、豆二は、心底からそう思う。米食民族は他にもあるが、これほどうまい米を最高にうまくたいて食えるのは、日本人だけである。「銀メシ」というが、銀でできたように貴重な食物。そのためには、等量の銀を払ってもいいほどの食物だと思う。見た目が美しく、味がすばらしいだけでなく、無数の米粒は、体内に入ると、一挙に高単価のガソリンに変わり、強烈な炎を上げて燃焼する。

日本人の無類の勤勉も、知恵も、根性も、すべて、米のエッセンスから出てくるという気がする。その点、日本人だけが本当の米飯を知っていて幸いだったと思う。もし、他民族の多くが、日本人なみに米をたいて食べることをおぼえていたら、今日の日本の繁栄はなかったのではないかと、寒気のようなものをおぼえるのである。

もっとも、その一方では、もし世界中が米食民族だったら、豆二は、全世界を相手に大規模な米相場をはることができたわけで、世界的な「売り方の大将」として、売りに売り浴びせて、全人類に感謝されることがあったかも知れぬと、残念な気もするのである――。

チャーハンを平らげながら、豆二がそうした感慨にふけっていたとき、電話のベルが鳴った。

役員の一人が受け、緊張した顔で、豆次郎にとりついだ。

「専務、通産大臣からです」

豆二は顔を上げ、部屋の壁にかかっている電気時計を見た。大きな秒針の動きにまで目をとめる。

大臣からの電話もまた、強盗事件の見舞いであった。もっとも、大臣まで投資信託を買ってくれるとはいわない。

電話のやりとりを耳にしながら、豆二の目は時計を見ていた。二分半ほど経《た》ったとき、豆二は咳《せき》ばらいした。早く電話を切れ、という催促である。「電話三分、お客五分」の例外を認めない。どんな重要な要件でも、それだけの時間があれば、話を伝えることができる。それ以上は、時間のむだ、電話のむだづかいでしかない。

三分経ったとき、豆二はじりじりしたように、また大きく咳ばらいすると、腰を上げた。

電話を切らせようとする気配を察して、三男の豆造が、

「社長、大臣からですよ」

たしなめにかかったが、そのときには、豆二の太い腕がのび、横から豆次郎の受話器を奪いとっていた。

豆二は、受話器に向かって最敬礼した。

「豆二でございます。お見舞いありがとう存じました。お忙しいところを、どうも、ハイ。それではまた、ハイ」

それだけ続けていうと、相手に何ひとつ話す隙《すき》を与えず、電話を切ってしまった。

「社長、いいんですか」

息子や重役たちの非難の目が、豆二に集まる。

「大臣だからって、何だというんだ」豆二は、鼻の穴をふくらませた。

「それに、大臣だって、忙しいはずさ」

一時になると、役員会は散会。豆二の午後は、またモノレールにのったように動き出した。午前中に届けられていた書類に目を通し、やってきた部長たちから、主な報告をきく。そのあと、ズボンのボタンをはずしながらトイレへ。ボタンをかけながら、トイレから出てきて、エレベーターで三階下りて、営業部のある店頭へ。

その日の午後も、午前同様、見舞いや冷やかしに来る客が多かった。そして、豆二が最敬礼する度に、投資信託の注文がふえて行った。もちろん豆二ひとりの信用だけでなく、寝言で「投信！」というほど、全社員がそれまで売りこみに励んできていたのが、この事件を機会に、一度に実を結んだともいえた。

翌日も、その次の日も、同じように客がつめかけ、半月後の締切日には、募集予定額十億の三倍を越す三十二億の金が集まってしまった。すべて現金であり、まだ一万円札のない時代であったので、春山証券の本支店の窓口は、千円札の札束の洪水《こうずい》にのみこまれてしまった。

「社長、何とかして下さい。もう、さばききれません」

各窓口が悲鳴を上げ、応援をくり出したが、次には、その資金の集中してきた経理部の動きがとれなくなった。

強盗事件は、こうして、思いもかけぬ大きな利益をもたらした。

その上、募集締切の翌日、警察から強盗を逮捕したという連絡があった。

豆二がふるえ上っていたのに対し、妻の冬子が時間をかけて応対する中で、強盗の容貌《ようぼう》をじっくり観察したおかげであった。

冬子の記憶にもとづいて警察はモンタージュ写真をつくったが、そのモンタージュから犯人の足がついた。

なかなか貯蓄心のある強盗で、盗んだ金は全部、五冊の預金通帳に分散し、ためこんでいた。金額がまとまったところで、大口に投資信託でも買うつもりだったのであろう。

おかげで、春山家から盗まれた金は、全額そっくり返ってきた。強盗にしてみれば、全くのくたびれもうけ。その上、春山証券のために大宣伝してくれたようなものであった。

一段落したところで、豆二は、あらためてお安を訪ね、頭を下げた。

「あんたのトランプ占いは、実によく当たる。どうも、ありがとう」

「ほんま、どえらい宣伝になったな。あれだけの新聞広告出そう思ったら、一千万円できかなかったやろうな」

うなずく豆二に、お安は、

「ひょっとして、あんた泥棒傭《やと》うて、わざと強盗やらせたんとちがうか」

「まさか。わしはほんとにふるえ上った。歯がカチカチ鳴ったんだ」

「象みたいな大男のくせして。けど、そこがあんたのええとこや。わても、そういうあんたやから、好きや。それで、つい仏心出す気になったんや」

「…………」

「けどな。春豆さん。ほんまいえば、気の毒やからいうて、金出すんやない。あんたというひとは、それを機会に、なにくそと奮発する。そこから、強い運を自分でつくり出す男や。そこを見こんで、あんたに金を預ける気になるんや」

お安は、もともと、とび出た目をなおとび出させるようにして、豆二を見つめ、

「あんたが象みたいに大きな体に細い目して、のんびり草かんでる間は、だれもふり向きはせん。それが、手負い象になって、怒って地ひびき立てて走り出すと、みんな、それいうて、あんたに預ける気になるのや」

お安はそういってから、真剣な顔になり、

「ところで、投資信託いうの、大丈夫やろな」

「それが、わしもはじめは投資信託が何物か知らなかった。息子《むすこ》や若い連中が計画したことだからな」

「なんだて」

「けど、一から十まできいて勉強した。もういまは息子よりくわしい。何でも質問してみなさい」

お安はミイラのような手をのばし、豆二の耳をつかんだ。骨ばった指で、豆二の耳たぶをいじりながら、

「ええ耳や。この耳で吸いこんだことなら、まちがいないやろ。……よう働く耳やったな。昔から、あんたはひとに会う毎《ごと》に〝御意見おきかせ下さい〟そういっては、この耳動かしていたものな。えらい人

に会うても、小僧さんに会うても、同じようにきいてた。聴音器のような耳、いま風にいえば、レーダーの耳やな」

寒気をこらえて耳の愛撫《あいぶ》に耐えている豆二。お安は気持よさそうに目を細めて続けた。

「昔は象やらマンモスやら、たくさん居た。ギューちゃんいう牛とも象ともつかぬのも居たが、みんな、だめになった。その中で、あんただけが化物のように生きのびて、こんなに大きうなって。田舎からポッと出の、可愛《かわ》いい小僧さんやったのにな」

「あんただって食堂の……」

一度いいよどんでから、豆二は目をつむる思いでいった。

「食堂の可愛いい可愛いいねえちゃんだった」

耳たぶをいじるお安の指に、力が加わった。

「そう。二人とも、内裏《だいり》さまのように、世間知らずで、可愛いかった。そうやろ、そうやな」

豆二は、うなずいた。うなずかざるを得なかった。

五十年の歳月が、内裏さまをマンモスと妖怪《ようかい》に変えた。その五十年昔の風が、ビルの谷間から吹き出してくる気がした。

一　青い風の中で

春山豆二は、子供のころから、よく教師や大人《おとな》たちにいわれた。

「おかしな名前だ。長男のくせに、なぜ、二がつくんだ」

おかしな名をつけたのは、もちろん、豆二の責任ではない。「父親にきいてくれ」といいたいところだが、そのたびに、豆二は父の孝造《こうぞう》になり代わって答えた。

「豆まくとき、ひとつだけまかず、同じ穴に二つまいて、出てきた二つの芽の中、いい方の芽だけ残して育てる。それが、かしこいやり方でしょ」

きき手がうなずいたところで、

「人生だって同じこと。頭使って、いつも豆を二つまくような生き方をしようということです」

ここで、きき手はたいていうなずく。

だが、意地のわるい相手は、ちょっと首をひねってから、豆二の目をじっと見ていう。

「豆二というには、大きすぎる豆だ。よく育ったものだ」そういってから、「ひょっとして、おまえのところ、同時にもう一人生まれた兄弟が居て、そちらを間引いて、成長のいいおまえを残したのとちがうか」

「冗談いわんで下さい」

豆二は、腹が立つだけでなく、ぎくりとした。豆二の家は、そんな風にいわれてもおかしくないほど貧しかった。

越後《えちご》と上州《じょうしゅう》の国境に近い山村。代々の豪農で、大きな蔵が三つもあったが、父の孝造の代にすっかり空になり、蔵の壁も、くずれはじめている。

わずかに残っている桑畑《くわばたけ》と、大豆《だいず》や小豆《あずき》の畑。それに、猫《ねこ》の額ほどの山間の水田。

子供は、豆二の下に、弟一人、妹三人。一家七人食って行くのがせいいっぱいで、その中で、ずばぬけて発育のよいのが、むしろ豆二には悲しくもあった。小学校六年で、身長一メートル七十五、体重も七十キロを越した。しぜん、大食である。豆まじりの飯というより、飯まじりの豆を、どんぶりで食わないと、体が保《も》たない。このため、むしろ豆二自身が間引きされたいくらいであった。

父親の孝造は、ちゃらんぽらんなところがあった。

「豆二つまくように頭使って生きろ」といっておきながら、「まめに生きさえすりゃええ。体がすべてだ。そう思って、おまえの名前をつけたんだ」などともいう。

そういわれると、豆二はまた悲しくなる。あまりにも、まめに育ちすぎた。このため、父がやけになっているような気さえした。

豆二は、いっそ、「石二」とか「岩二」とか、名をつけてもらえばよかったと思う。それなら、石にかじりついても、空腹をがまんしたであろう。なまじ「まめに」というから、つい大食して、こんな大きな豆になってしまった。

父の孝造は、ひとがよく、気のいい男であった。農家のせがれなのに、誘われて、生糸相場をはって出て、敗れた。山林や、蔵の中の物を売り払って、また出かけて行き、また敗れた。すっかりあきらめて、その山村に帰り、せまい田畑を耕し、せっせと子供をつくり、ただまめにだけ生きた。

そうした自分の姿を何とか肯定しようとするように、「まめに生きさえすりゃ」と、吐きすてるようにいうのであった。

そうかと思うと、ちゃらんぽらんな父親はまた、「とにかく、まめに働け。まめに働きさえすりゃ、きっと、ひとさまに負けずにすむ。そう思って、おまえに豆二と名づけたんだ」などともいった。

相場に浮かれていた父親の前半生は、まめに働く人生とは縁遠かった。そうしたまめでなかった分まで、息子《むすこ》にまめに働かせて埋め合わそうとするかのようであった。

こうして、大事な名前というのに、その由来がくるくる変わった。

「お父さん、いったい、どれが本当なんだね」

一度、豆二がたまりかねて、きいたことがある。孝造は、落着き払って答えた。

「きまっとる。どれも本当だ。みんな、おまえにそうあって欲しいとねがうことばかりだ。そこにもここにもある簡単な名前とはちがうぞ」

「…………」

「まめに生き、まめに働く。そうして、豆二つまいて、いい方を育てるような頭の使い方をするんだ」

うす暗い炉ばた。少しばかり酒の入った孝造は、妻子六人を眺め渡し、その筆頭格の豆二に向かって、胸をそらせていった。

「どうだ、いい教訓だろう。親からこれ以上の贈りものはないぞ」

恩を売ったあと、孝造は急にしょんぼりし、

「もっとも、おれもおじいさんにいい名前をつけてもらったが、孝行のコの字もできなかった。栄造《えいぞう》おじいさんは、名前どおり、家を栄えさせたのになあ」

面目なげにいってから、孝造は豆二に向き直った。

「そうだ。おまえに、もうひとつ贈りものをやる」

孝造は、徳利を手に、いばって切り出した。

「働き一両、考え五両――これは、おじいさんから教わった言葉だ。よく胸にたたみこんでおけ。きっと出世する」

「働き一両、考え五両」

豆二が、くり返した。孝造は満足そうにうなずき、

「いくら、まめに働いたところで、体だけ動かすなら、一両にしかならんところを、頭使って働けば、五両になるというのだ。豆を二つまくというのも、そのひとつ。何でも頭をひねって生きろということだ」

孝造は、ますます、きげんがよくなった。

「さあ、みんな、おれについていってみろ。お経よりありがたい文句

だ」

子供たち全員に、「働き一両、考え五両」と声をそろえてくり返させた。そのあと、孝造は、豆二にだけきこえる声でいった。

「おれも、そのつもりだった。だから、生糸相場に手を出した。畑を耕しているだけでは、一両にしかならんと思ったからな。頭使ったつもりだが、五両の得どころか、損をしてしまった」

「それじゃ……」

「いや、おじいさんの言葉は、まちがってては居らん。相場をやる上で、きっと、おれの考えが足らなかったんだ」

「相場って難しいんですか」

「もうけたり損したりしている分には、難しくない。けど、もうけ切るのは、難しいなあ」

そういってから、孝造は気づいたように、「もっとも、こんなことを、いまのおまえにいったって、わからんだろうが」

豆二はふっと、難しけりゃ、やってみたいと思った。大男には、難しい大きい仕事がいい。東京に出て、大きな体でぶつかってみたい。こんな大男のくせに村に居たのでは、ただ大飯食いが目立つばかりだ――。

六年生の夏休みの終り、孝造が豆二を新潟《にいがた》へ連れて行ってくれた。

孝造の昔の相場仲間が、米相場の大勝負で当てて成金になった。その祝いの宴会を、新潟の料亭でも開く。大盤振舞いになるはずで、孝造をも旅費持ちで呼んでくれた。

「考え五両どころか、百両にもなった男だ。どんな男か、おまえにも見せておいてやるぞ」

田舎《いなか》の駅へ向かう長い坂道の途中、汗をふきながら、孝造はそんな風に豆二にいった。後学のため才気に触れさせておいてやるということだが、それがとんでもない後学になろうとは、孝造は予想もしなかった。

豆二の村は、ほとんど山ばかり。どこへ行くにも坂道であった。水田などというのは、山と山の合間に、ため池のように散らばっているだけである。

だが、その山村の駅から汽車にのって一時間あまり走る中、どこまでも青々した稲の波が続く水田地帯に出た。

豆二は、目をみはった。村から出たことのなかった豆二に、それは大きなおどろきであった。豊かにきらめく田んぼの水。やけつくような平地の太陽、そして限りなくひろがる平らな水田。稲は青く太くたくましく育っていた。村の稲にくらべると、欠食児童と健康優良児ほどもちがっているのが、豆二の目にも、よくわかった。

この米は、うまいだろうな。米だけの飯を、毎日毎日腹いっぱい食って、青い稲田の海の中にねころんでいたら、人生の極楽だな、と思った。

小豆や大豆まじりの飯は、本当の飯ではない。それに、豆のとれる量など、たかが知れている。たとえ頭を使って、豆を二つまいて、いい方を育てたところで、何ほどのことがあるだろう。問題は米だ。青い太平洋のような水田でつくられ、まっ白に輝き盛り上る米の山こそ、男の相手ではないか――。

豆二は、大きく息をついた。

「どうした」

孝造が見とがめた。

大男に似合わず、豆二はとっさに頭を働かせた。せっかく新潟へ連れて行ってくれるところである。正面からぶつかってはまずい。

豆二は、とがった口でいった。

「……おれ、名前のこと考えてたんだ。この辺で生まれたら、米二とか稲二とか、もうちょっと品のいい名前をつけてくれたろうになあ、と」

「ぜいたくいうな。それなら、瓜畑《うりばたけ》や野菜畑ばかりのところで生まれたら、どうする。瓜二とか、菜二とかなるぞ」

「…………」

「それを思えば、豆二なんて、どれだけいい名前か」

豆二は、逆らわなかった。父親のきげんをそこねたくないし、たしかに、瓜二や菜二よりは、まだ、ましだ。

青田をくい入るように見つめている中、汽車は動かなくなった。どこかで踏切事故があったのだという。

ほぼ一時間近く、汽車は立往生。おかげで、青い稲田の風をたっぷり吸いこむことはできたが、新潟の料亭にかけつけたときには、すでに乱痴気《らんちき》さわぎがたけなわになっていた。

さわぎの舞台は、裏日本でも一、二の料亭、京茶屋《きょうぢゃや》の大広間であった。

柳並木のある堀に面したその料亭は、豆二の目には、まるで御殿のように巨大なつくりに見えた。

活動写真にでも出てくるような、きびきびした男衆や、きれいな仲居さんに次々出迎えられ、みがき立てられた長い廊下を案内された。

やや猫背《ねこぜ》の父親の孝造のあとに従いながら、豆二は、目を豆のようにまるくしていた。豆二の住む寒村と、そこが同じ日本の地続きだとは、とても思えない。夢の国か、別世界へ迷いこんだ気がした。

ただ、大広間の入口へきて、ちょっと一悶着《ひともんちゃく》あった。

そこには、女将《おかみ》らしい人を中心に、番頭や仲居が群れて立っていた。

「何とかしなくちゃ」

「ちょっと、ひどすぎるわ」

そうした声がきこえ、その中の一人が、豆二を見とがめた。

「あら、この子、中へ入れて、大丈夫かしら」

「だって、ずいぶん、大きいわよ」

「大きくたって、顔見てごらんなさい。坊や、いくつ？」

答えより早く、豆二は、孝造の手にぐいとたぐられ、大広間の中へひきこまれていた。

だが、次の瞬間、

「何だ、こりゃ」

今度は、孝造がおどろきの声を上げた。

豆二も、まるい目をさらに大きくした。そこにくりひろげられているのは、まさに、「何だ、こりゃ」としかいいようのない光景であった。

大広間のまん中に、三十人ほどの若くてきれいな女たちが、素裸になっていた。白い肌、赤みを帯びた肌、小麦色の肌。まるみを帯びた肩やお尻《しり》。ふくよかな乳房の数々。そして、豆二が一度も見たことのなかった女のかげった部分までさらけ出して。

女たちの裸体は、ゆれ動いていた。

床の間を背にした小さな男が、

「そらっ、そら行くぞ」

たのしそうに叫びながら、まるい金属のようなものをばらまく。その度に、裸の女たちは、声を上げてぶつかり、もつれ合い、かさなり合って、タタミに落ちたその金属にとびつくのであった。

「何をまいているの」

しばらくは声も出ないでいた豆二が、孝造にきくと、孝造は、ふきげんな声で答えた。

「一円銀貨、それに二十円金貨も投げている。拾ったやつに、くれてやるというんじゃ」

女たちが、また歓声を上げ、ぶつかり合った。

はじめて女たちの裸を見て、少しおかしな気分になりかけていた豆二だが、その声に自分をとり戻した。

「おれもハダカになりゃ、拾わせてくれるかな」

「うん」

孝造はつりこまれて答えてから、

「あほう。女子《おなご》じゃないといかんにきまっとる」

「どうして女子だけ……」

「それがわからんのか、あほう」

はね返すようにいってから、孝造は、また、はっとした顔になっていい直した。

「……女子は、裸になるんが、いちばんきれいなんじゃ」

「女子は得じゃのう」

「……けど、こんなことは二度とないぞ。いまの三六みたいな、べらぼうな成金にならなきゃ、できんことだからなあ」

金をばらまいている小男が、増富三六《ますとみさんろく》という孝造の昔の相場仲間、そして、今度の米相場の勝利者であった。

金貨がきらめいて、豆二たちのすぐ前にとんできた。次の瞬間、茶屋中がふるえるようなひびきを立てて、素裸の女たちが、そこへ重なり合った。

孝造は、ため息をついた。孝造自身も、女になりたい顔をしていた。二十円といえば、大金である。豆二の幼友達は、十五円、二十円という前借のために、小学校も終らぬ中から、何人も身売り同然に徒弟奉公に出されていた。そうした大金を、鯉《こい》のエサのようにばらまくなんて……。

「三六さんて、たいへんなお大尽《だいじん》なんだねえ」

「なあに、一夜成金、一夜乞食さ。一夜でもうけて、一夜で失《な》くしてしまうかも知れん。おれだって……」

「成金のときがあったの？」

「……す、少しはな」

女たちの歓声がやんだ。

素裸の女の群は、小男の前に座り、いっせいに頭を下げると、はじめてはずかしさに気づいたように、金貨銀貨を持つ手で前をかくしながら、次の部屋へ走り去った。

豆二父子は、空いていた席へ案内された。

宴会が、またはじまった。早々と着物を着た芸者衆が戻ってくる。

だが、客たちは、あのさわぎに毒気を抜かれ、あらためて増富三六のえらさを見直す風情《ふぜい》で、しんみりしていた。孝造も、上目づかいに、はるか上座の三六を見るばかりで、あいさつに出る元気を失い、もじもじしていた。

すると、三六の方で、孝造の遅参に気づき、芸者の一人を迎えによこした。孝造は、とまどった顔で豆二を見た。連れて行くべきかどうか、一瞬とまどったあと、

「おまえもついて来い。三六さまのお話をきくんだ」

呼びすてにしていたのに、にわかに「さま」をつけていた。

三六は、陽《ひ》やけはしているが、皺《しわ》が多く、不作の年の小豆《あずき》のような顔をしていた。小柄で、体重も豆二の半分ほどしかないように見える。

それでいて、床の間を背に、芸者たちに囲まれている姿は、堂々とし

ていた。

三六は、孝造の祝いの言葉をきき流し、豆二を見上げていった。

「この体なら、米俵をどんどんかつげるな」

「そんなにかつぐほど、米はとれやしないんで」

孝造が情なさそうに答えると、

「もったいないな。早いとこ、村を出しな。いい米問屋に世話してやる」

話しながら、大人《おとな》二人は盃《さかずき》を交わした。豆二は、胸の中でふくれ上っていた質問を口に出した。

「おじさん、どうして、そんなにお金ができたんですか」

三六は、笑った。

「雨といっしょだ。ときどき、天から降ってくる。そして、ざあーっと、流れて行ってしまう」

孝造が、あわてていい足した。

「頭だ。働き一両、考え五両と教えているだろう。このひとは、人一倍、頭を使ったんだ。そうだな」

三六は、それには答えず、

「目と耳かな。米のでき具合を、ひとより早く見て回り、きいて回ること。あとは、運と勘と度胸さ」

そういってから、豆二の顔をまじまじと見て、

「それにしても、大きないい耳してる。子象のような耳だ」

三六は、手をのばし、豆二の耳たぶをつかんだ。

「この耳を、よく使うんだな」

豆二は、かたくなって、うなずいた。三六の指先から、大金持になる秘密が電流のように伝わってくる気がした。

宴会が終わった。

京茶屋の前には、自動車が二台、それに、人力車がずらりと並んでいた。新潟の人なのか、夜目にもぴかぴか光る自転車に提灯《ちょうちん》をつけて帰る客もある。

豆二は、茶屋の玄関先で、ぼうっとして、そうした乗物を見ていた。自動車はもちろん、自転車も、人力車も、豆二の村には、一台もなかった。馬こそ居るが、乗物というより、耕作用であり、運搬用である。

乗物ひとつない村。そこでの生活は、牛馬のそれとあまり変わらないのではないか。ただ肉体を酷使して働く。そして、その結果、働きの報いは、一両だけ。

「さあ帰るぞ」

父子は、堀沿いの道を、駅に向かって歩き出した。自転車が追い抜いて行く。かけ声をかけながら、人力車も走り抜けて行った。豆二は、また情なくなった。自分たち父子だけが、人間の社会からずり落ちている気がする。

背中の方から明るい光が迫り、二人の影を路上に浮かび上らせた。エンジンの音がきこえる。

「自動車だ。三六のやつだな」

孝造がふり返った。目もあけられぬようなまぶしいライトとともに、自動車は二人の横にきた。

だが、客席には、芸者と、詰襟《つめえり》の服を着た中年男が一人。三六らしい姿はなかった。

「おかしいな」

孝造がつぶやくのとほとんど同時に、車はブレーキの音を立てて、急停車した。

「おい、乗って行かんか」

小柄な運転手が、ききおぼえのある声でいった。見ると、ハンドルをにぎっているのは、増富三六であった。ツバのある運転手用の帽子を、あみだにかぶっている。

「あれっ、三六さまが運転手?」

孝造の叫びに、三六はにこにこしてうなずきながら、うたうようにいった。

「お客さんが運転手。運転手はお客さん、芸妓《げいこ》さんもお客さん。もひとつおまけに、孝造さんもお客さん、子象さんもお客さん」

うたいながら、三六は、また手をのばして、豆二の耳たぶをつかんだ。

「子象、この耳を働かせて、でっかい象になるんだぞ」

二人をのせると、三六は運転手帽をかぶり直した。帽子が大きすぎて、目までかくれてしまう。

「さあ動くぞ」

威勢のいい声を出し、手と足を動かしたが、車の方は一向に動かない。後から、運転手が、何か短かい英語をいった。

次の瞬間、車は、宙にはね上るようにして走り出した。孝造は、天井で頭を打ち、悲鳴を上げた。豆二は、重量のせいで、とび上らないですんだ。

「大将、大丈夫ですか。代りましょう」

運転手が大きな声でいうのに、三六は、

「大丈夫、大丈夫。もし万一のことがあったら、おまえらの子々孫々まで、面倒見てやらあ」

いい気分のようであった。その気分が、豆二にも伝わってきた。自分もいつか、あんなセリフを口にしてみたい。

ただ、三六は、それに続けて、少々不穏当なセリフも口にした。

「今夜のおれの乗物は、後にのせてある。ほぼ新品で、なかなかいい乗物だぞ」

豆二は、どんな乗物が積まれているのかと、後の座席をふり返った。だが、そこには、三六の乱暴な運転にちぢみ上っている芸者と運転手が居るだけで、何ひとつ積まれていなかった。

三六は、豆二のけげんな顔に気づくと、声を立てて笑った。あごで、後の座席の芸妓《げいこ》をさし、

「あれも乗物、これも乗物。人生は、たのしいぞ」

クラクションをポン、ポンと鳴らし、

「子象も大きくなったら、いろんな乗物にのるんだ」

「うん」

豆二は、大きくうなずいた。

よくはわからぬが、このひとの回りには、いっぱい、たのしいことがある。自分もそうした人生を送りたいと思った。

三六は、小唄を口ずさみ出した。節の切れ目には、三味線《しゃみせん》代りに、クラクションをたたく。ヘッドライトの中へ、行先の人家から、人々の影がとび出てきた。いまなら、騒音公害と叱《しか》られるところだが、当時はまだ、新潟全市に自動車が五台とない時代。とび出た人々は、むしろ、思わぬ目の保養というように、まじまじと車を見つめた。

三六は、上きげんで、そうした人々に手を振った。

豆二も、大きな気分になった。三六の弟分にでもなったような気がする。乗物というものが、こんなに簡単にひとの気分を変えるのかと、自分でもふしぎだった。

二　ネズミがだめなら

二年半後、豆二は、増富三六の紹介で、東京深川《ふかがわ》の米問屋に、小僧に出た。

体だけは大きくても、満十五歳。五十銭の汽車賃を払い、上野に着いたときには、懐中わずか三十五銭しかなかった。だが、豆二には、心細さより、希望があった。故郷恋しさより、解放感があった。

上野駅には、だれも迎えにきていなかった。その上、冷たい霧雨が降っていた。豆二は、店からの指図の手紙どおり、「上野ステイション前」の市電停留所に立った。

電車を待つ間、豆二は、霧雨の中で、自分の耳たぶをいじっていた。三六がほめてくれた耳。いよいよ、この耳を生かすときがきたと、心がはずんだ。

田舎《いなか》の村では、ひとりとして、豆二の耳をほめてくれる者はなかった。それに、田舎では、格別、役に立たぬ耳であった。豆二は、よくけんかをしたが、大男の豆二に組み敷かれた相手が、ときどき、その耳たぶにかじりつくぐらいのことであった。

よくけんかをする上、大飯食いということもあって、豆二は、長男ながら早く村を出る運命にあった。豆二も、それを好んだ。不景気続きの上、借金の利息にも追われ、豆二の家では、ランプの灯油さえ十分に買えない生活であった。

真暗な家の中で、孝造がお経のようにくり返す。「働き一両・考え五両、働き一両・考え五両」

働きは一両にしかならぬのに、その働く場所さえない寒村であった――。

やがて、豆二ののる市電がやってきた。台車の二つあるボギー車という新しい大型の電車であった。

豆二は、にっこりした。

――幸先《さいさき》がいいぞ。三六さんは、色々の乗物をたのしめといったが、その初端《しょっぱな》が、これなんだ。

振分け荷物をかついで、のりこんだ。

ボギー車は、太い警笛を鳴らしながら、荷馬車や自動車、人力車、自転車などの走る通りを突っ走った。

茅場町《かやばちょう》で、台車ひとつの小さな市電にのりかえる。永代橋《えいたいばし》で隅田川《すみだがわ》を渡り、黒江町《くろえちょう》の電停で下りた。

深川は、すぐその先一帯にひろがっていた。水路が縦横に通じ、無数の橋がかかっている町である。堀に面して倉庫が、道路に面して回米問屋や、雑穀問屋、肥料問屋が軒を並べている。

角帯姿の男や、ハンチングをかぶった男などが、雪駄《せった》の裏金を鳴らしながら通る。チャラチャラ鳴るその音が、小判のふれ合う音のようにもきこえる町であった。

豆二は、胸がおどった。それが、いつかは自分の姿となるはずである。

三六の紹介してくれた回米問屋屋島《やじま》商店は隅田川に注ぐ水路のひとつ堀川にかかる一木橋《いちきばし》の畔《ほとり》に在《あ》った。

ひげをはやした長身の主人は、軍人のように姿勢がよく、また、口やかましかった。

「おれ、増富さんの……」

と、豆二が切り出したところで、いきなりどなられた。

「おれとは、なんだ！」

あわてて、「ぼく」といい直して、また叱《しか》られた。そこで、ようやく気がついて、「わたし」といったが、だめ。「わたくし」といっても、だめ。さんざん叱られた末、「手前《てまえ》といえ」と、教わった。

豆二は、しゅんとした。

先が思いやられたが、くじけはしなかった。

――いよいよ勉強のはじまり。何でもこの耳でよくきいておこう。

と、耳に手を当てたとたん、また、雷が落ちた。

「主人の話をききながら、なんだ、その姿勢は」

こうして、豆二の小僧の生活がはじまった。

屋島商店は、深川でも指折りの回米問屋で、使用人の数も五十人を越していた。店への住み込みだけでなく、寮もあったが、豆二が寝起きさせられたのは、仙台堀に面した米倉庫の中の一部屋であった。三和土《たたき》の上に、タタミを三枚だけ敷いて、夜は倉庫番をつとめて眠る。

朝は未明に起き、一木橋の店にとんで行って、拭掃除《ふきそうじ》を手伝い、帰ってきて、倉庫内外の掃除。そのあと、店へ食事をとりに行く他は、暗くなるまで、伝馬船《てんません》から米俵を陸あげして倉庫へ入れる俵かつぎの仕事。ときには俵を荷車に積んで運んだ。力仕事の連続である。

紹介者である増富三六が顔を見せたのは、豆二がそうしてつとめて、一月近く経《た》ったある夕方のことであった。

三六は、屋島にことわってきたからと、豆二を、相生橋《あいおいばし》近くの洋食屋に連れ出した。朝日亭と、土地柄、名前だけは景気がいいが、味噌《みそ》汁《しる》だけの朝食や、サンマを焼いただけの夕定食などもある大衆的な一ぜん飯屋である。建物も、豆二が体当りすれば、一度にくずれてしまいそうな、そまつなつくりであった。同じごちそうになるにしても、御殿のようだった新潟の京茶屋《きょうぢゃや》とは、ちがいすぎた。

それに、三六の服装も、よれよれの着流し姿。自動車でも、人力車でもなく、満員の電車にぶら下り、タダのりでやってきたという。

朝日亭に入ると、三六は、お下げ髪をした丸顔の小さな給仕女にいった。

「おれ、ビアー」

豆二の耳には、「ビヤー」ときこえた。何事かと思っていると、給仕女はなれているらしく、すぐ、奥にとりついだ。

「ビアさんだよ。ビール一本」そういってから、豆二の目の中をのぞきこむようにして、「あんたは、何にするん」

豆二とほぼ同年輩。口もとがもり上がり、中高の顔に、二つの目がとび出している。

豆二は、けおされて、

「て、手前は……」と、思わずいってから、笑われるのを覚悟で、

「米の飯がたくさんついてる料理がいいな」

「ほなら、チャーハンやな」給仕女はあっさりいうと、奥へ向かって、

「チャーハン一丁！」

簡単というか、乱暴というか、これが東京なんだと、豆二は呆然《ぼうぜん》と、
給仕女を見つめた。

すると、女は、歯ならびのわるい歯を見せ、にやっと笑った。

「お腹空くもんな。御飯多くするように、そっとたのんでみるわ」

「う、うん」

「わて、お安というんや。おぼえといて」

「……うん」

豆二は大きな体に似合わぬ小さな声を出した。

板に脚をつけただけの感じのテーブルが、五つあまり。風采《ふうさい》の上らぬ客で、ほぼ満員であった。油であげるにおいや、ソースのこげるにおいが、空腹にしみてきた。

「どうだ、仕事はつらいか。俵かつぎばかりで、たいへんだろう」

三六が、きいてきた。

「いえ、村での仕事を思えば、何でもありません。それに、力仕事は、お手のものです」

「なるほど。おれとちがって、その体だからな」三六はそういいながらも、満足そうにうなずいた。そして、「豆二はよく働くと、屋島の大将も、よろこんでいたぞ」

豆二は意外な気がした。主人には、顔を合わせる度に、叱《しか》られたり、注意されるばかりだったからである。

お安が、ビールを運ぶというより、テーブルの上に放り投げて行った。ビールびんは、しばらく、テーブルの上にゆれていた。

だが、三六は気にもとめず、手酌《てじゃく》でコップにつぐと、いかにもうまそうにのんだ。

豆二は、また京茶屋の大広間での三六の姿を思い出した。芸者たちを奴隷のように扱って得意然とした三六と、ほんとに同一人物なのかと、ふしぎな気がする。

豆二の見つめている中で、三六は目を細めて二杯目をのむと、思いついたようにいった。

「店の食いものはどうだ。おかずがわるいと、小僧連中が文句をいってるらしいが」

「めっそうもありません。三度三度、白い御飯が腹いっぱい頂けるだけで、もう十分です」

「そんなに米の飯が好きなのかい」

「おいしいです」豆二は、力をこめていい、つけ加えた。「それなのに、田舎では、白い御飯は、盆正月と秋祭りのときしか、食えませんでしたから」

「そういえば、おまえ、のり巻小僧というあだ名をつけられたそうだな」

「はい」

豆二は軽蔑《けいべつ》されるかと思ったが、三六は、顔の皺《しわ》を深めてうなずき、

「たしかに、のり巻はうまいからな。おれも、このごろは、寿司といったって、のり巻とおイナリさんのことが多い」

くさった様子もなく、いった。

豆二はそこで、先ほどから気になっていた質問をぶつけた。

「お金、どうなったんですか」

三六は、両手を上にあげた。

「バンザイだ。全部やられた」

「やられた？」

「去年の米相場に失敗したんだよ」

「でも、ずいぶんお金があったはずでしょう」

「洪水《こうずい》と同じさ。ザーッと流れて行っちまったよ」

「…………」

「負け惜しみじゃねえが、いっそ、さばさばして、いいもんだぜ」

「…………」

「相場師っていうのは、そういうもんだ。だから、おもしろいんさ」

「金がなくなって、おもしろいんですか」

三六は、怒りもせず、頭をかいた。

「そうまともにきかれちゃねえ……」

「やっぱり、おもしろくないんでしょう」

「そりゃそうだが、負けたといって、ちぢんじゃ居ねえよ。時に利非《あら》ず、城を失った素浪人の心境だな」

「…………」

「大名あそびばかりしていりゃ、人間、ばかになる。ときには、素浪人もいいものだ。いまは、屋島以外、どの店もあまり相手にしてくれねえが、ばかにされても、笑われても、くそっとふみこらえる。人生、何度かチャンスがあるからな。その中に、また大名あそびだ。この町全体がおれに最敬礼するさ」

そこへ、お安が、山盛りのチャーハンを運んできた。

「ハイ、お待ちどお」

そっとテーブルの上に置いたあと、さらに、食べやすいように、その位置をあらためた。

「そっちには、やけにていねいだな」

三六がからかうと、お安はすました顔で、

「だって、このひと、見込みありそうやもん」

「おれは見込みがないのか」

「そら、わてにはわからん。御自分にきいてみなはれ」

「こいつ」

豆二は、チャーハンを食いはじめた。三六は、ビールびんを空にした。だが、追加をたのむ代りに、自分で立って行き、コップに水をくんできて、のみはじめた。

豆二の食いっぷりを見て、「おいしいか」と、一、二度きいたあと、何か考えごとか夢でも見るように、ぼんやり、朝日亭のすすけた天井を見つめている。

――このひと、夕飯はどうするんだろう。

豆二は、他人事《ひとごと》ながら、気になった。

「じゃ、がんばれよ」

三六は朝日亭を出ると、背のびして豆二の肩をたたき、風に漂うようにして去って行った。

「がんばって」と、むしろ豆二が肩をたたいてやりたいくらいであったのに。

その夜、豆二は、珍しくすぐには寝つけなかった。

三六の落ちぶれた姿は、衝撃的であった。うらぶれながらも、屈託がないだけに、よけい印象に残った。相場師に有為転変《ういてんぺん》はつきものとはいうものの、芸者たちを裸にしての豪遊からまだ三年と経《た》たぬ中にあの姿。あまりにも、浮き沈みが、はげしすぎる。

だが、おもしろい。男なら、やってみたい生涯だとも思った。それに、こういうけんかなら、だれからも文句をいわれることはないだろう。また、不遜《ふそん》なようだが、豆二は、自分なら、もっとうまくやれそうな気もした。たとえば、もうかった金のつかい方ひとつにしても。それに、相場のやり方にだって、きっと、豆を二つまいて置くような方法があるのではないか。

豆二は、早く大人になり、早く金を貯《た》めて、この相場という大げんかに参加したいと思った。子象が巨象になり、黄金の地ひびき立てて、深川の町を突っ走るのだ――。

夜ふけになると、深川の町も静かであった。遠くを走る市電の音がとだえると、岸壁を洗う川の水音まできこえてくる。倉庫の隅では、ネズミが走り回っていた。

豆二は、また、自分の身の上を考えた。

東京へ出てきてからというもの、豆二は、ただいわれるままに、馬車馬のように、あのネズミたちのように、走り回ってきた。俵かつぎや、掃除・運搬。そうした力仕事にだけ明け暮れる生活である。新米の小僧として、あたりまえのことであり、それがいやだというのではない。事実、夢中で働いてきた。だが、いま考えてみると、それだけでは物足りない。あるのは、「働き」ばかりである。これでは、村に居て道普請《みちぶしん》ばかりやっているのと変わらない。せっかく東京に出てきたというのに、「働き」だけでは、どんなにがんばっても、一両にしかならない。いっしょに入店した十人の朋輩《ほうばい》と同じように、初任給八十銭という枠の中で、こぢんまりと納まっているだけのことになる――。

豆二は、だんだん体がほてってくるような気がして、せんべいぶとんの上に上半身を起した。

小僧の生活に「考え」は要《い》らぬ、と叱《しか》られるかも知れない。だが、本当にそうだろうか。

ネズミが一匹、足もとを走りすぎた。天井では、しきりに子ネズミのなく声がする。ネズミたちは、傍若無人であった。こぼれた米を拾うだけでなく、俵を食い破る。倉庫番の他に、もう一人、ネズミ番が欲しいくらいであった。ネズミ退治もしなくてはならない。

そう思ったあと、豆二はふいに闇《やみ》の中に光の走るのを感じた。「交番へ持って行くと、ネズミを買ってくれたそうだ」

と、小僧仲間のだれかがいっていた。ネズミを退治して、それが少しでも金になるのなら、これはただの「働き」だけではない。

豆二は、夜の明けるのを待ちかねて、交番へ走って行った。

年輩の巡査が居て、ねむそうな顔で教えてくれた。

「昔つくられた規則でなあ。たしか十年ほど前、ペストが大流行したが、そのとき、防疫のため、ネズミ一匹二銭で買うことになったんじゃ」

「いまも買ってくれるんですか」

「そういうことにはなっとるが……」

巡査は、気のない返事をした。

だが、それだけきけば、もう豆二には十分であった。

豆二は、今度は金物屋の開くのを待って、小づかいでネズミ捕り器を二つ買ってきた。仕掛ける餌《えさ》は、夕飯のお菜を残した。

こうなってしまうと、ネズミ大歓迎であった。寝る前に仕掛け、夜中に起きて見回り、捕虜は水につけて殺す。そのあと、また仕掛けておく。ネズミ捕り器をフルに回転させ、一夜に四匹捕る夜もあった。

朝になると、早々に交番へ持って行く。巡査は顔をしかめながらも、

「規則だから」と、一匹につき二銭ずつ払ってくれた。その金は、ネズミ貯金として、別に積み立てた。それが、一円に達する月もあった。

「働き一両・考え五両」とまでは行かぬが、まずは「働き八十銭・考え一円」というところである。

だが、長くは続かなかった。

ネズミはネズミ算的にふえると思っていたが、三月経《た》たぬ中に、夜中に起きて見回る必要がなくなった。一夜かかって一匹かかるかどうかという有様になってきたからである。ネズミの捕虜を水につけて殺し、文字どおり水揚げして運ぶこともなくなった。水揚げゼロである。

俵をかじられたり、食い破られたりする被害は、なくなったが、出来のわるい俵や、手荒な扱いで破れる俵も少なくなく、米がこぼれることに変わりはなかった。俵によっては、船から倉庫の中まで、ずっと白い帯をつくってこぼれる。ネズミが減ったせいもあって、よけいにこぼれが目立つ感じであった。

そうした米を、ワラくずやゴミといっしょに箒《ほうき》で掃き集める。豆二は、そのまますてるのがもったいなくて仕方がない。白く光る一粒一粒が、「なぜ、こんな風にして、すてるのか」と、うらんでいるように見える。

ゴミ箱に流しこみながら、豆二は、それならむしろネズミに食わせ、そのネズミを巡査に買ってもらった方が経済的だ、と思う。子ネズミも一匹の計算だから、いっそ大々的にネズミを飼育増殖して、二銭の単価で買ってもらいたい。もっとも、ネズミの飼い方ふやし方はよくわからぬし、万一見つかったら、主人にも巡査にも、大目玉を食うであろう。

ネズミがだめなら――と、豆二はそこで、ニワトリを飼うことを考えた。これなら、経験もある上、巡査に叱《しか》られることもない。

ただ、トリ小屋も要《い》ることだし、ネズミとちがって、こっそり飼うわけに行かない。主人にことわらねばならぬが、気むずかしい主人のことである。「新米の小僧のくせに、何事だ」と、雷が落ちそうである。

だが、豆二はひるまなかった。

三六に「子象」といわれたことがあるが、豆二は、自分が象のように厚くてにぶい皮に包まれている気がする。少々のことは、こたえない。叱られて、もともとだと思った。どうせ毎日叱《しか》られている。その叱られついでてでしかない。

だが、屋島の主人は、意外にあっさりいった。

「うん、いいだろう」

しつけはきびしいが、大店《おおだな》の主人らしく、そうした点は、おうようであった。

ただ、主人はそういったあと、「トリ小屋をつくったり、ヒナを買う金は、あるのか」

豆二は、そこで、ネズミ貯金のことを白状した。

主人は、目を大きくした。

「よけいなことをする」と、豆二はまた叱られるかと思った。

主人にいわれ、ネズミ貯金の通帳を見せた。ネズミの水揚げ代金が、十銭たまるごとに預けてあり、一度も引き出してない。

主人は、ひげをしごいて眺めていたが、

「積むというのは、いいことだ。信用もつく」

といった。無表情ないい方だが、はじめて、ほめられたらしい。

「ネズミがだめなら、ニワトリで、か。それも、ネズミのもうけでやるという。これは、ヘッジの思想だな」

「はあ?」

豆二は「ヘッジさん」という外国人が、すでにそんなことでもやったのかと思った。

主人は、相変わらず謹厳な顔つきで、いいきかした。

「ヘッジ、つまり、保険つなぎのことだ」

「はあ?」

そういわれても、豆二には、まだわからない。短気なはずの主人が、さらに説明を加えてくれた。

「おまえも、じきにわかるようになる。たとえば、いま米の現物を買ったとする。だが、先行きその米が値下りする不安があれば、同時に、それを清算取引で、つまり何か月か先にいまの値段で売ることに、いま、とりきめておく。その場合は、何か月先に、たとえ米が値下りしても、そちらでは値下り分だけがもうけになる。つまり、現物の値下りで損する分は、先物でとり戻せる。これを、ヘッジする。つまり、保険つなぎをするというのだ」

豆二には、よくのみこめなかった。だいいち、そんな高級な計画をしたわけではない。

「手前は、ただネズミがだめなら、ニワトリで、と思ったまでで」

「それでいい。だめな場合を、いつも考えておく。それが、ヘッジの考え方になって行くんだ」

「……はい」

豆二にわかったのは、ニワトリ飼育を許されたばかりか、「ネズミがだめなら――」という考え方が、主人の気に入ったらしいということである。ヘッジという英語はわからないが、「保険つなぎ」という日本語は、かみしめて行く中、何となくわかって行きそうな気がする。それはつまり、豆を二つまいていい方を育てるという考え方に似ているのではないか。

増富三六がきたら、一度、ヘッジについてきいてみよう。おそらく、三六は「保険つなぎ」など、やっていなかったのではないか。だから、一度に大名から素浪人に落ちてしまったのだ――。

主人の許可を得て、豆二はおおっぴらにトリ小屋をつくり、若いメンドリを十羽飼った。

卵はもちろん食べ切れないし、食べるつもりもない。といって、交番で買ってもらうわけにも行かず、自分で売りこみ先をさがさなくてはならない。

当惑したあげく、朝日亭のお安に話してみた。

お安のサービスがいいのと、大盛りのチャーハンがうまいため、豆二は、休日など、ときどき朝日亭に出かけていた。

「産みたての上、値段も安いから」と、お安が朝日亭の主人に交渉してくれ、話がまとまった。卵の値段は、一個一銭である。元手要《い》らずのネズミが二銭なのにくらべ、安い気がしたが、考えてみれば、ニワトリの餌代《えさだい》もまたタダである。文句はいえぬ。

豆二は、タマゴ貯金の通帳をつくり、これはこれで積み立てて行った。

夏が来た。

深川富岡八幡宮《とみおかはちまんぐう》、略して深川八幡の夏祭りの夕方、豆二とお安は、大川端で二人並んで涼んでいた。

その日、深川の大通りは、何万という人出に埋め尽くされた。

下町という下町をからっぽにして、人々は深川に集まり、カンカン帽を無数の花のように集めた人混みとなった。その中を、何台もの神輿《みこし》がねり歩き、歓声が油照りの空にとどろいた。

だが、大川端までは、その喧噪《けんそう》も熱気も及んでは来ない。

豆二もお安も、祭りには興味がなかった。むしろ、祭りがつくってくれたはじめてのデイトのときを大切にしたかった。豆二には、月に二日の休日があるが、お安の朝日亭は、ほとんど年中無休。祭りの日だけ珍しく休みとなっただけで、次には、いつデイトできるかわからない。

浴衣姿《ゆかたすがた》のお安は、早目に銭湯に行ってきたといい、湯上りの若い女のにおいを川風に散らしていた。

ふだんは夕涼みの人でにぎわう大川端だが、祭りに吸いとられ、少し離れたところに釣り糸を垂れる人影があるばかり。

大きな夕日が赤く川面《かわも》を染めて沈もうとし、ゆるやかに舞う都鳥が、紅色になったり、白く光ったりしている。恋をささやくには、絶好のときとところであった。

またとないロマンチックな場面となるはずなのに、川面を見ながら、お安が最初に切り出したのは、

「卵の勘定の割り戻しは、どうなっとるんや」

豆二は、耳を疑った。ききそこなったのかと思い、問い直した。

「割り戻しだって」

「そうや。一個一銭にしても、積もり積もって、もう三円近うなっとるのとちがうか」

まるで豆二のタマゴ貯金通帳をのぞいたようないい方であった。

豆二が声も出ないでいると、

「わてが口をきいてやったんやで。それ忘れてもろうては、かなわんわ」

豆二も、お安の好意を忘れているわけではなかった。その夜にでも、どこか食いもの屋に案内し、あまい物でも土産《みやげ》に持たそうと思っていた。

「何かの形でお礼しようと……」

いいかける先を、お安は遮《さえぎ》り、

「お礼なんか要《い》らんわ」

「…………」

「割り戻しをもらいまっせ。一割とはいわん、五分でええわ」

そういったあと、身を寄せるようにして、

「親しい中でも、金は他人というで。わるう思わんといて」

黙ったままの豆二の顔を、お安はのぞきこみ、

「それにな、もしも、あんたとわてが他人でなくなるとしたら、そのときは、あんたの財産にわてての財産が加わるわけや。だから、わてにもごつい財産をつくらせといた方が、あんたにもたのしみやし、得になるのとちがうか」

何となくおかしな理屈に思えるが、お安はまじめな顔でいう。豆二は、ふうっと、大きな息をついた。

——これはこれで、ひとつの保険つなぎ。豆を二つまいておく考え方かも知れぬ。

今度は、お安が、大きな息をした。

「あんた、いい耳してはるな。何でも頂戴《ちょうだい》してしまう福耳や」

そういったかと思うと、浴衣の手を上げた。

「ちょっと、その耳いじらせて」

身をひく間もなく、お安の指が豆二の耳たぶをつかんだ。指は、豆二の耳たぶをやわらかくもみはじめる。

「ええ気持やな」お安は目をうすく閉じ、うっとりと、つぶやいた。

豆二の耳をほめて触れてきたのには、増富三六が居る。そして、三六のときには、豆二にも熱い感激があった。だが、若い女に触れられているというのに、今度は実は、くすぐったいだけでなく、寒気の走るような思いがあった。遠くからは、若い男女がいちゃつき合っている風にも見えるであろうと思うと、豆二の寒気はますます強まった。

「ちょっと」

豆二は、身をずらせた。

「あら、どうしたの」

「……耳も耳だけど、おれの顔も見てくれよ」

「そうやね」

お安は、豆二の耳から手を放した。

「あんたの顔は福相や。見どころのあるのは、とっくにわかってた」

「…………」

「わて、易《えき》とか占いとかが、好きなんや。趣味は、手相や人相。この趣味なら、金はかからへんし、ときには、金もらえることもあるよってな」

そういうと、お安はまた手をのばし、今度は豆二の右手をつかんだ。

「あんたの手相見てあげまっせ」

お安は、とび出た目を近づけ、豆二の手相をあらためにかかった。

夕日は落ち、川面の小波《さざなみ》が金色に光りはじめていた。

だが、お安は一向に大川端の風景には目をやらず、豆二の手相見に夢中になっている。どうもロマンチックではない。

やがて、お安は目を上げた。やや失望の表情である。

「どうだった」

豆二が促すと、

「あんたは、一生、食いものと乗物に不自由せんと出ている。もっと、ましな卦《け》が出ると思ったのにな」

「食いものと乗物に、不自由せん、だって？　ありがたい。それで結構じゃないか」

豆二は、力をこめていった。

大盛りのチャーハンや、米の飯を、一生涯、食い続けられるかと思うと、うれしい。乗物に不自由しないとは、かつての三六のように自動車ものり回せるということであろう。いや、お安にきくわけには行かないが、ひょっとして、その「乗物」という分類の中に、女もふくまれているのかも知れない。それなら、さらにいい。

永代橋を渡る市電の音がきこえた。夕映えの残る川面《かわも》を、一隻の伝《てん》馬船《ません》がゆっくり上って行く。

「ところで、お安さん、あんた自身の占いはどうなんだ」

「わてか、これ見てみい」

お安は、うすい眉《まゆ》とふくれた目の間に、指を二本はさむようにして当てた。

「ここの間が広いのはな、高貴のひとに嫁ぐという人相なんや」

豆二はふき出しそうになった。

川面に目をそらして、

「……なるほど」

お安は熱っぽく豆二を見つめる。豆二に、「高貴なひと」になれとでもいうように。

――食いものと乗物にさえ不自由しなければ、それはそれでいい。

豆二は内心ひそかに思うのであった。

三　浮き沈み

豆二は大食なだけでなく、少々せっかちなので、よく御飯をこぼした。それに、人一倍働くので、豆二の前掛けは、いたみがはげしかった。

「豆二、何しとるか」

主人は、相変らず雷を落とす。豆二が他人の分まで働くので、そのため、他人の仕事のことで怒られることも、しばしばであった。

だが、主人は、その一方で、ネズミとニワトリの一件もあって、豆二がどういう人間か認めているようであった。お仕着せを渡すときには、豆二に限って、前掛けを二枚くれた。特別待遇のはじまりである。

次に俵かつぎの仕事は一年で御免になって、得意先に見本の米を持って回る仕事を与えられた。販売見習いのはじまりである。

その次の年には、主人のお伴《とも》をして、米産地の大地主や米商回りに出かけた。これは仕入れ見習いの第一歩である。

まず、仙台・石巻《いしのまき》・水沢・盛岡・青森・弘前《ひろさき》・秋田といったところを汽車で回ったが、秋田から先は、まだ鉄道が通じていなかった。このため、主人は人力車を利用し、豆二は、自転車を借りて、その後に従った。毎日毎日、二十キロ三十キロの距離を、ペダルをふみ続けた。

当時はまだ、空気入りのタイヤのない時代であったため、豆二のズボンは、たちまち尻《しり》が抜け、豆二をあわてさせた。借りる自転車もない地方に行くと、豆二は、人力車を追って小走りに走った。「足の達者な小僧さんだな」と、行く先々で感心された。山村育ちのおかげで、もともと、足には自信があった。

もっとも、久しぶりに足を使ったので、足裏は豆だらけになった。その豆をつぶしながらの旅であった。このため、足の裏が、だんだん象の足に似てくるような気がした。

かねて取引のある各地の大地主や米商にごきげん伺いするのが、その旅の目的であったが、だからといって、その道中も、のんびりしてはは居られなかった。

一日の旅程を終って宿に着き、ほっとしていると、主人がいかめしい顔できいてきた。

「今日通ってきた道中の米の出来ぐあいを、おまえは、どう見たか」

「…………」

「田んぼをよく見たのか。出来不出来がわからんようでは、どうにもならんぞ」

旅は、あいさつ回りだけでなく、一種の市場調査も兼ねていたのである。

久しぶりに田舎《いなか》へ出て、豆二は空の青さに心を奪われ、その空をとぶ赤トンボや、風にゆれるススキの穂などに、故郷を思い出していた。

痩《や》せた山田の稲ばかり見て育った目に、穀倉地帯の水田は、どこも桁《けた》ちがいの豊作とだけ見えた。ただ黄金色《こがねいろ》の穂が波打っているばかりに映ったのだが。

だが、その黄金色もよく見ると、浅緑色をふくんだところもあれば、黄ばんだところや、褐色《かっしょく》がかったところもある。また、同じ色調でも、均質に充《み》ち溢《あふ》れている感じのところもあれば、ばらつきの目立つ田もある。いかにも重さを感じさせる穂の海もあれば、軽やかなところもある。

作柄をどう見るかについて、主人は、格別、教えてはくれなかった。自分の目で読みとる工夫をする他はない。

東北の旅に続き、北陸路《ほくりくじ》も回った。鉄道のないところでは、また自転車や徒歩で従った。

体こそ象のようだが、まだ年少の小僧がけんめいに人力車の後を追って急ぐ姿は、どこでも好感を持たれたようで、よく話しかけられた。豆二は、そうした機会を積極的につかんで、作柄をつかむヒントなど、いろいろ教えてもらうことにした。そして、素直にきく気持さえあれば、案外、ひとは親切に教えてくれるものだということも、わかった。

――とにかく、大きな耳をよく働かせよう。

その気持は、深川に帰ってから、さらに強まった。

もっとも、店の先輩や上司は、豆二ひとりにかかずらうと見られたくないためか、どこか、うっとうしそうであった。

それより、他の店の主人や番頭の中に、格別の利害関係がないせいか、豆二の勉強熱心を知って、意外なほど、よく教えてくれるひとがあった。

夜分や、店回りの途中少しでも時間ができると、豆二はそうしたひとを訪ね、大きな耳たぶでそっくり受けとめるようにして、その話をきいた。

大きな体で人一倍歩き回るので、豆二のはく下駄や草履は、すぐにすり切れた。このため、台と歯がひとつの材でできている駒《こま》下駄ははかず、いつでも、日和《ひより》下駄をはいた。これなら、すり減る度に、自分で歯だけとりかえればすむ。

大股《おおまた》で足早に、豆二の日和下駄は、深川かいわいの通りを、音を立てて動き回った。

豆二は、まず、米そのものについて、よく知らなかった。種類や品質を、どうやって見分けるか、格付けはどんな風に行うのか。

白米問屋の井倉《いくら》という男が、標準米査定委員もつとめ、深川きっての米についての勉強家という評判であった。

玄米を精白して小売商に卸すという仕事柄、産地ごとの米の品質を研究し、それに合った精白を行わねばならぬ。

井倉は、米の見分け方の達人とされ、井倉での精米は、深川では最上等とされていた。

そうした井倉を訪ね、豆二は物おじもせず、はずかしがりもせず、たずねた。

「いったい、どんな風にして見分けるんですか」

井倉は、米を掌《てのひら》にのせていった。

「色と光沢を見る。それから、ぐっと握ってみる。ただ、それだけのことさ」

「……握ると、何がわかるのですか」

「弾力さ」

「…………」

そんな風に、はじめはそっけない返事であったが、豆二が目を輝かせたまま、なお質問を続けて行く中、しだいに懇切に教えてくれるようになった。

まず、品種を判別し、次に、産地を見分ける。そして、第三に、品質を判定する。極上の玄米は、アメ色というか、小判色で、それも、やや透明に輝くような光沢のあるのがいい。

井倉は、歌舞伎《かぶき》の女形《おやま》にでもしたいような肌の白い優男《やさおとこ》であった。

それを自分でも意識しているのか、

「玄米のとき、たとえばおれのような色をしているのはだめだ。むしろ、健康美に輝くというやつがいい。女といっしょだな」

きょとんとしている豆二に、

「まあこれも女と同じで、ある程度、数をこなさぬと、おまえには、わからんかも知れんが」

玄米はまた、適度に水分をふくんでいることが必要だが、あまり水分が多くては、白米にするとき、ツキ減りがする。乾燥のぐあいが適切でなくてはいけないわけで、その辺は、これまた経験によって弾力の形でもとらえられる。

大きさや粒の形そのものも、もちろん比較される。そして、何より問題なのは、その味である。これは、ナマでかじってみて、わかるようにならなければならぬ。

豆二は、相変らず倉庫に寝泊りしているので、他《ほか》の小僧たちとちがい、四六時中、米に触れていることができた。仕事が終った後も、暗い倉庫で、幾種類もの俵からサシで米をひとつまみずつとり、眺めたり、にぎりしめたり、かじってみたり。

勉強を重ねている中、豆二にも、しだいに、米の顔が見えてくるようになった。

どれも同じような白い粒でしかなかったものが、ちがった民族の人人の顔であり、ちがった個性の人々の顔に見え出してくる。寒さで引きしまった顔もあれば、暖かな土地柄でふやけた顔もある。人間と同じで、つき合えばつき合うほど味の出そうな顔もあれば、豊かそうに見えて懐《ふところ》がからっぽの顔もある……。

米の顔が見え出すと、豆二の勉強にも、なおいっそう熱が入った。

深川の中心地に、ヨーロッパのどこかから移築でもしたような洋館づくりの正米《しょうまい》市場がそびえている。広い立会場や検査場、受渡場の他に、一、二階に、回米問屋が出店を並べていた。その店々の番頭や小僧が休憩《きゅうけい》するための控室もあった。

そこでよく、米の産地当てをやった。全国各地から送られてきた米を少しずつ箱に入れて並べ、各店の小僧や番頭が集まって、その産地を推理する。

　少しばかり金もかけるが、ただのあそびではない。一種の技能コンテストである。個人の意地もあり、また、それぞれの店の面子《メンツ》もあるので、負けられない。みんな、目を輝かせ頭をひねり、夢中になって取り組んだ。

　豆二も参加した。勉強のおかげで、米の顔が見えはじめている。豆二は強かった。

「この小僧、新米のくせに」

　豆二は負けずにやり返した。

「新米だから新米に強いんですよ」

　けんか好きの豆二だが、こうしたけんかなら、遠慮なく強くなっていい。豆二は奮発して、さらに勉強した。

勉強すれば勝つ。勝てば、ますます興味が出て、さらに勉強する。このため、ほとんど最年少の小僧のくせに、当てくらべでは、断然、先輩たちを追い抜いた。

豆二がのっそり大きな体を見せると、

「おまえがやるなら、もうやめだ」

と、投げ出す者も出てきた。

米の味を問題にするとき、当然、米から御飯にする過程に目が向けられる。米のかたい澱粉質《でんぷんしつ》が、熱と水とを加えることによって、やわらかなノリ状のものに変わって行く。その変化を観察するとともに、最適の変化の起させ方、つまり、いちばんうまい炊《た》き方をつかんでおかなくてはならない。

ある休日、豆二は、勉強の成果を、朝日亭のお安に伝えた。

「うまい御飯は、お釜《かま》いっぱいにふかそうとしないで、少しゆとりを残して炊くことだ。それに、新米ばかり炊くより、少し古米をまぜた方が、かえっておいしい御飯が炊ける」

だが、お安は気のなさそうな顔をしていた。

「おい、きいているのか」

「そんなこと、どうでもええやないの」

「……しかし、おれだって、うまいチャーハンを食いたいからな」

お安は首を横に振りながら、

「御飯ばかりうもうなっては、うちの商売の足しにはならんのや。御飯のお代わりばかりされて、お菜が一向に売れんようになるさかいな」

「……けど、お安さん自身は、御飯のうまい炊き方知りとうないのか」

「知りとないな」お安はあっさりいってから、「金もうけもろくにできん中に、金つかう方のことは知りとうないな」

「しかし……」

「しかしも何もあらへんがな」

お安はそういったあと、思いついたように、豆二の顔を見た。

「そういえば、あんた、ソースライスいうのきいたことあるやろ」

「ソースライス？」

「そうや。わてが大阪に居たころ、これを出した大きな食堂があったんや」

「どんな料理だ」

「簡単や。ただ白い米を炊いただけや。それにソースをぶっかけて食う。これが、いちばん安い料理や」

「…………」

「これだと、御飯代しかとれへん。その食堂は、宣伝というか、客寄せのためにやりよったんやが、シブちんの多い大阪のことや、お客がよろこんで、多勢、ソースライスばかり注文するもんやから、とうとう、その大きな食堂もお手あげや。ソースライスはとりやめになってしもうた」

豆二は反撃に転じた。どうしたって、おいしい御飯を食いたい。

「そうはいっても、せっかくのお米をおいしく炊かんことには、お百姓にもわるいし、それに人生の損だ」

「人生の損？　あんた、えらいこと、いやはる。本気でそんなこと思うとるの」

「うん」

「困ったおひとやなあ。あんたは、食いものと乗物に不自由せんようにできとるんやでえ」

「それがそうでもない。東北や北陸を回ったときは、不自由したよ。歩き回らされて、いまでも、ほら、この通りだ」

豆二は、ちびた日和《ひより》下駄にのっている太い足と、かたくなったその足の裏を見せた。

「なんや、象みたいな足やな」お安はそういってから、「けど、ええことや。昔から足使えば金できることに、きまっとるさかい」

「どうして」

「その証拠に、金のことを、おアシというやないの」

豆二は黙った。

——それは、しょせん、「働き一両」のことであろう。だが、自分は、他の小僧たちとちがって、足だけでなく、耳も頭も使っている。「考え五両」の道を進んでいる。いや、いま以上に、耳と頭を最高に使って、金もうけをしたい。それには……。

相場の世界が、豆二の前にひらけてきた。そこでの「考え」は、五両どころではなく、百両にも、千両にもなり得るであろう。それに、米といえば、米相場。米には相場がついて回っている。米相場による浮き沈みの話は、まわりに満ち満ちていた。増富三六などは、その一例でしかない。

もっとも、小僧の身分で相場をはることは許されなかった。

ただ、豆二がよく話をききに行く他の店の大番頭が、豆二を見こんで、形ばかりの証拠金を置くだけで、こっそり相場をはらせてくれた。

こうなると、米作地回りにも、欲が出た。主人にいわれなくとも、目を皿のようにして、米の出来不出来を観察するようになる。

米相場の本場は、正米を扱う深川よりも、清算取引を扱う蠣殻町《かきがらちょう》の米穀取引所である。そして、その蠣殻町からさらに川ひとつ向うには、株式相場に沸く兜町《かぶとちょう》がある。

二つの町には、ナマの人間くささが溢《あふ》れていた。人間の喜怒哀楽が、建物にも、道にも、浸《し》みついている。町を歩く人間の一人一人が、成功者か、失敗者か、成功に向かっているか、落ちぶれかかっているか、そのどちらかの顔をしていた。

この町に来ると、豆二も、巨体に似合わず神経がはりつめ、鼓動まで早くなるような気がした。鼓動の音も、「働き一両・考え千両」「働き一両・考え千両」と、ささやきかけてくる。

ある日の午後、そうした思いで歩いていると、ふいに黒塗りの自動車が、豆二のすぐ横に来て止まった。

自動車の客席の窓が開いて、ききおぼえのある声がした。

「おい、ちょっと、のらんか」見ると、増富三六であった。運転手が下りてきて、帽子をとると、ドアを開けた。通行人が立ち止まって、見つめている。日本の自動車台数は、大正元年（一九一二年）ようやく五百台を越したところで、東京でも、まだまだ稀少品《きしょうひん》であり、貴族や富豪など、特権階級のシンボルにされていた。

車は、高いエンジンの音をたてて走り出した。

三六が、このごろ相場で当て、景気がよくなっているといううわさは、耳に入っていた。それにしても――。

豆二は「考え千両」を目の前に見せつけられる思いで、きいた。

「もう自動車が買えたのですか」

「なあに、まだ、貸自動車」

じきに、また自家用を持つといわんばかりの口調であった。もっとも、貸自動車をのり回せるというだけでも、たいした成功である。少し前までは、市電さえタダのりしていたのだから。

「邸《やしき》は、すぐこの先だ。ちょっと寄って行きたまえ」

豆二は、うなずいた。三六の生き方に触れることは、参考になるし、何より刺激になる。

三六は、金のかかっているらしい洋服を着、葉巻をふかしていた。その日は、日本橋《にほんばし》の白木屋《しろきや》へ行き、舶来の酒を注文してきた帰りだという。

「素浪人から早くも大名ですか」

「大名といっても、禄高《ろくだか》二、三万石の小大名ぐらいだな」

本所《ほんじょ》に在《あ》るその小大名邸に着いた。

車の音をきいて、下男や下女が、出迎える。豆二は、玄関脇《わき》に在る洋風の応接間へ通されたが、その部屋へ入った瞬間、どきりとした。

三六の帰りを待っている先客があった。白髪のやせた老人である。

一筋ナワでは行かぬ、きかぬ気の表情をしていた。豆二が会釈《えしゃく》しても、がっしりしたあごを振って見せただけ。

豆二は、何となく、吉良上野介《きらこうずけのすけ》のようだと思った。吉良の幽霊が、新時代の小大名の邸《やしき》に居座っている。

「やあ、また来てたのですか」

そういいながら、三六が入ってくると、老人はそれには答えず、浴びせかけるように、

「どうでしょうな、郵船の株は」

テーブルの端をつかんだ二つの拳《こぶし》をふるわせていった。

「やれやれ、また、そのことですか」

三六は、こぼしながらも、郵船株の見通しを話した。老人は、のみこみがわるいのか、疑り深いのか、三六の説明には不満顔で、いったい、いつごろ、いくらぐらいに、どうしてそうなるのか、くどくどと、きき直した。そしてまた、きいた片端から忘れるのか、それとも、念を押すためなのか、同じ話を二度も三度も、くり返させた。

その間、裂けそうな目で三六を見つめるばかりで、一度として豆二の方を見ようとはしなかった。

話が一段落したところで、老人はようやく表情をゆるめ、ひきつった笑顔で、三六を誘った。

「どうです。ひとつ、きれいな女の顔でも見に行きませんか」

投資相談のお礼であり、また、女あそびをさせることで、もっと本当のことをきき出そうという魂胆である。三六は、手を振って、ことわった。

老人が帰ったあと、三六はつぶやいた。

「少しばかり成功すると、いろんな連中がやってくる。あのじいさんも、その一人だ。もっとも、あのじいさん、おれのところだけでなく、あちこち、ああいう風にきいて回っているらしい。あの歳《とし》をして、えらい金もうけの執念だ」

「相場師ですか」

「いやいや」三六は首を振ってから、豆二を見直し、「そういえば、おまえと同様、深川の米屋の小僧上り。いまは、横浜で米と肥料を手びろく商っている。それでいて、少しでも金があそばんようにしているんだな。名前は鈴木弁蔵《すずきべんぞう》。世間では、鈴弁《すずべん》といって通っている」

「鈴弁、鈴弁……」

豆二は、口の中でくり返した。深川の小僧上りとしては、成功者といっていいいであろう。見習うべき先輩というところだが、どことなく暗いかげがある。吉良上野介に似たひと、という最初の印象も消えない。豆二が何となく釈然としない気分でいると、三六がいった。

「おれなんか、金もうけそのものより、こうやって、わっと金が入ってきて、また、わっと金が出て行ってしまう、そういうところをたのしんでいるのになあ」

豆二は答えなかった。イチかバチか式の生き方も、それはそれでおもしろかろうが、ただ豆二の理想とは少しちがう。といって、また、鈴弁老人のような金銭への執念に明け暮れる生き方もとりたくはない。三六でもなく、鈴弁でもない生き方。豆を二つまいて、いい方を育てて行くようなやり方が、きっとあると思う。それを見つけるのが、自分の人生だと思った。

四　寝耳に水

若い小僧のくせに、豆二は相場をはり続けた。当てたり、はずしたり、とったり、とられたり。なかなか、もうかるところまで行かない。だが、それでも、やめられなかった。

そして、二十歳。豆二は、徴兵検査のため、六年ぶりに郷里に戻った。甲種合格である。三年間の兵役のため、近衛《このえ》の砲兵連隊へ入ることになる。

入営の前夜、朝日亭で、お安が、あじのフライとビールでごちそうしてくれた。お安は、朝日亭の五人の女子従業員の中では最古参になり、半ば店を任せられる身分になっていた。

「これ、あんたへの餞別《せんべつ》や」

お安が、豆二の膝《ひざ》の上に紙包を置いた。開けてみると、不ぞろいな妙な石けんらしいものが三個。それも色とりどりで、こぶだらけの不細工なものである。

　お安が、すましていった。

「わての手づくりの石けんや」

「手づくり？」

「そうや。材料は、お風呂屋《ふろや》なんかにすててある小さな石けんや。それを集めて手ぬぐいに包み、あたためながら、ハンマーでかためたものや」

「…………」

「いろんな石けんが集まってるから、あかもよう落ちるでえ」

　お安は、まじめにそう考えこんでいる顔である。豆二は、きょとんとして、お安を見つめるばかりであった。

「あんた、不満のようやから、もうひとつ、餞別あげる。これは、もっとすごいのやで」

そうはいっても、お安は別に何かを出す風でもない。手ぶらのまま、豆二のすぐ横にきて、身をかがめた。吐く息が耳にかかって、くすぐったい。辛抱して上目づかいにお安を見ると、彼女はいった。

「何でもケチらな損やで」

「うん？」

「三年つとめることあらへん。一年ケチって、二年で出てくるんや」

「そんな無理な。相手は軍隊だよ」

お安は、にやりと笑った。

「だから、これからが、わての餞別《せんべつ》や。ええか、あんたは衛生兵になるんや」

「しかし、もう砲兵にきまってる」

「それが、衛生兵に変われるんや。もし、あんたが指折りの模範兵なら、第一期の検閲のあと、そっと申し出て見なはれ。兵種を転換できるはずや」

当時、衛生兵に限って、在営期間は二年という特例があった。つまり、一年節約できる計算である。

「本当か」

豆二は、目を輝かして、念を押した。お安は、大きくうなずいた。

「ほんまや。わては、ここにくる仰山《ぎょうさん》のお客の話の中から、役に立つ話やもうかる話だけは、ちゃんと忘れんようにおぼえとる。まちがいない話や」

「そうか、ありがとう」

豆二は、思わず立ち上って、お安の手をにぎりしめた。あぶらのにじみ出たひんやりするような手である。お安は、流し目をつかって笑った。

「二年間の辛抱や。わてはここで、あんたの帰りを待ってるよってな」

「……うん」

「二年間だけは、あんたもせっかくの相場を休まなあかんな。かわいそうにな」

二年間まるまる相場を休むのは、つらいことであった。辛抱しきれるかどうか、自信がなかった。

入営後、豆二は、けんめいになって勤務した。骨身惜しまず、他人の分まで働く。上官のいいつけも、一〇〇パーセント守った。

ひとつだけ失敗は、自分のことを、つい、「手前」といってしまうことである。軍隊では「自分」という呼称を使うことになっており、「おれ」も「ぼく」も「わたし」もだめ。「なまいきだ」とか、「ふやけてる」とか、どなられる。その点、「手前」は、むしろ、へり下ったいい方としての失敗なので、上官の心証は、わるくはならなかった。

働くだけでなく、頭もよく使った。砲兵という性質上、砲撃のための観測や照準について、さまざまの計算が要《い》る。豆二はそれまで米の売りさばきや相場をやっていたおかげで、数字には馴《な》れていた。おぼえもいいし、とくに暗算が早い。このため、照準手としては、いつも中隊で一番の成績をあげた。「働き」も「考え」もいいから、たちまち、模範兵のトップである。

果して、お安のいったとおり、第一期検閲が終わると、豆二は中隊長に呼ばれ、転科の希望があるかどうか、たずねられた。豆二は、衛生兵を志願。惜しまれながら、砲兵から衛生兵に移った。

豆二は、お安に感謝した。

お安の情報がなかった場合も、豆二はまずまずの成績をあげたであろうが、けんか早いだけに、上官と衝突する心配があった。それをすべておさえて、終始、模範兵として押し通せたのは、お安の情報のおかげである。万事について心掛けがちがっていた。そして、希望どおり、在営期間を一年間ケチる目安がついた。

ただし、衛生兵になって最初にやらされたのが、死体を焼く訓練であった。これには、どぎもを抜かれたが、一年間の節約だからと、目をつむる思いでやり抜いた。

衛生兵になってからは、一般的には、訓練も規律も、ゆるくなった。

そうなってみると、豆二の中の相場の虫が目をさました。外出日になると、もう、じっとして居れない。他の戦友たちのように、靖国神《やすくに》社や上野公園に出かけたり、親戚《しんせき》友人を訪ねる気はない。足の向くのはただひとつ、蠣殻町《かきがらちょう》方向である。

かつて豆二に相場をやらせてくれていた知人を訪ねた。そこで、新聞や相場表を見せてもらい、一日中、首をひねって、最後に注文を出してくる。次の外出日にまた出かけ、首尾をきき、清算をし、それまでの相場の動きや情報を勉強し、注文を出して帰ってくる。もう模範兵になる必要はなかった。兵営に居ても、いわれたとおり体だけは動かしておいて、頭は相場へ行っていた。

だが、衛生兵になって半年目、その生活に異変が起った。異変のきっかけは、ある面会日であった。

家族や友人など、多勢つめかけた面会者で、連隊の面会所は溢《あふ》れ返っていた。豆二のところへは、たまたまその日が朝日亭の休日に当ったというので、お安が訪ねてきた。みやげは、例の「手づくりの石けん」である。お安はこのごろ、仕入係も引き受け、朝の六時に魚河岸《うおがし》へ出かけるという。「仕事が二人前で。給料も二人前。貯金も二人前やでえ」と、意味ありげに笑うが、小さな体からは、気のせいか、魚くささがにおった。ふつうの女なら、化粧のにおいで消えるところだが、お安は部厚い唇に、乱暴に紅をひいただけ。人間でも食ってきた直後のような顔をしていた。

にぎやかな談笑の声が面会所に満ちていたが、そのざわめきが、一瞬、入口のあたりから静まった。

何事かと目を上げて、豆二は思わず口をあけた。和服に袴《はかま》をつけた美しい女学生が、その父親らしいかっぷくのいい銀髪の紳士と入ってきたところであった。

女学生の美しさは、抜群であった。色は白く、鼻筋は通り、小さな口もとなどは、フランス人形そっくりであった。利発で勝気そうな黒い目が輝く。

「まるで貞奴《さだやっこ》の若いときみたいね」

豆二のすぐ近くで感嘆してつぶやく女も居た。それは、たしかに、絶世の美人女優といわれた川上貞奴《かわかみさだやっこ》を思わせる美しさであった。

――だれを訪ねてきたのだろうか。

面会者たちは、いっせいに、その父娘《おやこ》の行先に目をやった。豆二もまた、その一人であった。お安のことは忘れていた。

「あんた、何見てるんや」

ふいにお安が、豆二の視線をはたき落とすようにいった。豆二がとり合わずに居ると、お安は続けて浴びせかけた。

「ハキダメにツルや。あんたらには、タカネの花やで」

「おれはハキダメか」

「いや、あんたがということやない。ここらに居る連中みんながそうや」

「ばかをいうな」

「けど、あちらさんから見れば、そういうことや」

「…………」

「何も怒ることないやないの。わては、事実をいうたまでや」

「事実？　事実かどうか、まだわかるもんか」

「そりゃ、どういうことや」

「おれがハキダメか、あの娘がタカネの花か、まだわからんというのだ」

豆二は、「ハキダメ」といわれたのが、こたえた。それに、娘の美しさにも打たれた。はじめから高嶺《たかね》の花とあきらめて見送ることに耐えられない。

父娘《おやこ》のところへ、面会の相手である兵隊がやってきた。萩野《はぎの》という衛生兵である。豆二とは同期で、親しく口をきき合っている仲であった。富山県の大地主の家柄で、祖父は貴族院議員、父親は大審院（最高裁判所）判事ときいていた。兵隊仲間だからこそ、親しくもできるが、ふつうなら、豆二が口をきく機会もない家柄の息子《むすこ》、美しい娘はその妹であった。

豆二は、生ツバをのみこんで、胸のかわきを静めた。あれほどの娘を妻にできたら、どれほど人生がすばらしくなることであろう。人生の大穴を当てるようなものではないか。

それに、けんか好きの気性も、頭をもたげた。お安に見くびられたようで、黙っては居れない。ひとつ、やってみよう。

豆二は、娘に照準を合わせた。

萩野の本邸は富山だが、いまは、一家で鎌倉《かまくら》の別邸に住んでいるという。豆二は、次の外出日、相場は休み、萩野にたのんで連れて行ってもらうことにした。

江の電の極楽寺駅《ごくらくじえき》で下りると、駅前の交番の巡査が、いきなり、二人めがけて敬礼した。数軒の商店の主人やおかみたちも、萩野を見ると、申し合わせたように、いんぎんに頭を下げる。やがて家並みが尽きたが、馬車も通りそうな広く白い坂道だけが、緑の丘の間を上って行く。他に人影もない。

「ここは、ぼくの家へ行くだけの道なのでね」と、萩野。豆二は、圧倒されそうであった。

邸《やしき》に着くと、二十畳ほどもあろうかと思われる大きな洋間に通された。もっとも、女中や萩野は、そこを「洋間」や「応接間」ではなく、「サロン」と呼んでいた。サロンの窓越しには、ところどころ熱帯樹を植えた芝生がひろがっている。

「まるで外国へ来たようだな」と眺めていると、その風景の中へ、金髪の長身の男が現われた。つづいて、ちぢれ髪とココア色の肌をした南方系の男が出てきた。英語で何かしゃべりながら、散歩をはじめる。

豆二は、われとわが目を疑った。

ひょっとして、自分は本当の外国に来ているのではないか。それとも、頭がおかしくなったのか。

「ハァーイ！」

という声がし、和服姿の中年の女が、二人を追うようにして現われた。整った顔立ちで萩野に似ている。やはり日本の萩野の家だったと、ほっとしたのも一瞬、その中年女性の口から出たのも、流れるような英語であった。

豆二は、また、頭がおかしくなりそうであった。どもりながら、萩野にきいた。

「あ、あれ、どうなってるんだ」

「外務省筋にたのまれて、オーストラリヤとセイロンの留学生を、一人ずつ預かっていてやるのさ」

「……きみのおふくろは、英語がわかるのか」

「ぼくよりうまいね」

「…………」

「おふくろの実家は群馬だが、外人の経営している神戸の女学校がいいというので、まだ東海道線も全通していないころ、群馬の田舎《いなか》から人力車と汽車と船をのりついで、わざわざ神戸の女学校へ入ったのだ。ほとんどの授業は、英語で教えられたそうだ」

豆二は、うなずくばかりで、声が出なかった。これはたしかにお安のいう高嶺《たかね》の花の世界だ。いや、高値の花といってもいい。とにかく、それまでの豆二が全くのぞいたこともない世界である――。

萩野の母は、庭伝いにガラス戸をあけて入ってきた。豆二は、自分もまた英語で話しかけられるのかと、体をかたくした。

「ようこそ、お越しを。息子がいろいろお世話になりまして」

やわらかな日本語。豆二は、ほっとした。問われるままに、豆二は深川での仕事と生活を話した。

お目当ての萩野の妹が、紅茶とケーキを運んできて、豆二にあいさつした。冬子《ふゆこ》という名前であった。母親にいわれ、同席する。両手を膝《ひざ》にそろえ、よく輝く黒い瞳《ひとみ》をじっと豆二に当てて、話をきこうとする。豆二は、どきまぎした。

話の通じない月世界にでも来て査問されている感じで、何を話していいのか、また、現に何を話しているのかさえ、豆二はわからなくなりそうであった。この世界の若い住人なら、こんなとき、気のきいたことの一つや二ついうであろうにと、少々口惜《くや》しくもあった。

豆二の顔にも首筋にも汗がふき出、わきの下には、冷汗が流れ続けた。

豆二は、ふっと、お安のことを思った。同じ若い女性でも、彼女なら気楽な話し相手。とくに物をいうという意識なしに、話をすることができる。にわかに、そして、はじめて、お安が恋しくもなった。

——お安、助けてくれ。

と、叫び声を上げたい気がした。

昼食になった。食べ方もわからぬ西洋料理が次々と出されるのではないかと、豆二は緊張した。だが、食堂へ案内されてみると、イナリずしとのり巻が用意されていた。「のり巻がお好きと、きいたものですからね」と、母親。

豆二は、ほっとしたが、次にまた、冷汗が出た。「のり巻小僧」というアダ名とその由来が、きっと、冬子の耳にも届いているであろう。戦友の間柄だからといって、何でもしゃべるものではなかったと後悔したが、追いつかない。

豆二は、その日、ほうほうの態《てい》で、萩野の邸《やしき》を辞去した。

それからしばらくしてお安に会ったとき、この日のことが話題になった。「お嬢さん、どうやった」と、お安にきかれても、豆二には返事ができない。冬子が同席していたのは、短かい時間であったが、それにしても、その間、豆二はじっと見つめられるだけで、一度も見返すことができなかった。母親相手には話したが、冬子とは、ほとんど口もきいていない。従って、どうだったといわれても、答えようがなかった。

　沈黙する豆二に、お安はいった。

「ほんまに会ったんかいな」

「……うん」

「それなら、何とかいいな」

「……それが、何もない」

「けったいなひとやな」

　豆二は、あのとき、話相手としてお安を恋しく思ったことを話そうかと思った。

だが、お安はからりとしていた。それでもうその話は終わったという風に、話題を変えてしまった。もっとも豆二は、お安を真剣に恋しい相手と思ったわけでなく、また、冬子をタカネの花とあきらめたわけでもなかった。

豆二は、お安と冬子をくらべてみた。それも、家柄とか財産とかは除外して、妻としての将来性を考えた。

働き者で金銭欲の強いお安は、実業家の妻に向くかも知れない。お安の世界は、豆二の世界と似通っている。重なり合わせると、お互いにめりこんで、二つが一つになりそうでもある。

それにくらべると、冬子は全くのお嬢さん。どこまで世帯の苦労に耐えられるか、疑問である。また、冬子の世界と豆二の世界は、別世界のように異質である。お互いにめりこむ部分がなく、一プラス一は、あくまで一プラス一、つまり、二でしかない。しかし、考えてみれば、それもまたいい。夫婦というのは、同じ世界より、ちがう世界が二つ組み合わさった方が、人生に豆を二つまくような、賢明で安全な生き方になるのではないだろうか。

もっとも、これは、冷静な比較というより、手前勝手な理屈ともいえた。豆二の本心は、最初見た冬子の衝撃的な美しさにとらえられていた。お安から「ハキダメにツル」といわれ、ますます発奮した形でもある。向うがツルなら、こちらは象だ。象とツルが恋してならぬことはあるまい。

豆二は、いま自分がまぎれもなく恋愛に陥っているのを感じた。

「レンアイ」などというしゃれた場面に自分が出あうことになろうなどとは、それまで考えても見なかったのに。

身分や世界のちがいからいえば、これは、大恋愛であった。それも、完全に片想《かたおも》いの大恋愛、悲劇的とも喜劇的ともいえる大恋愛のはじまりであった。

豆二の相場の勘が、狂い出した。

「おかしいな。あんたが、こんなに負け続けるなんて」と、取引店でもある知人の家でいわれた。「軍隊と相場と両刀使いは無理だ。少し休んだら」と、忠告されもした。

豆二にしてみれば、両刀使いだけではない。「軍隊」と「相場」と「恋愛」の三本の刀を、一度に使わねばならない。そのどれをも休む気にはなれなかった。

豆二は、そのあとも、萩野にたのんで、二度ほど、鎌倉の家へ連れて行ってもらった。最初とちがって、少しは冬子の顔を見ることもできるようになったが、それでも、二人で話すというところまでは行かない。別世界の人という感じで、どうしても気おくれしてしまう。

事実、冬子には、そうした別世界の男たちから、いくつも縁談が持ちこまれているようであった。

くらべてみると、豆二は絶望的にならざるを得ないが、しかし、脈がないわけではなかった。

まだ女学校に在学中ということもあって、萩野の家では、そうした縁談を、一応、棚上げにしていた。それに、萩野の話では、冬子はそうした男たちにあまり興味を示さず、「八百屋《やおや》の熊さん八つぁんのところへ嫁いでみたいわ」といったりしているという。

冬子自身の住みなれた世界の男たちではなく、別世界を望んでいるという風にも受けとれた。それなら、豆二と同じ考え方ではないか。

「お母さんの考えは、どうなんだ」

豆二には、賢母そのものという感じの母親の意見が気になった。

「母は笑ってきいている。あれで、なかなか、さばけたところがあるんだ」

そういう萩野自身も、豆二には好感を持ってくれているようであった。

豆二は、口には出さずに、つぶやいてみる。

――おれも米屋の豆さんだ。八百屋の熊さんに負けないぞ。

二年間にわたる兵役を終わり、豆二は萩野らとともに、除隊になった。砲兵なら、あと一年つとめねばならぬところである。

深川の屋島商店に戻ると、もう小僧ではなく、番頭の扱いであった。委託米販売の責任者にさせられる。全国の米相場の大手から送られてくる米を、委託によって売りさばく仕事である。販売部長といっていいポストだが、入営前と同様、倉庫の中へ寝泊りして、店へ通勤した。

「番頭さんのくせに……」といわれたが、豆二は気にしなかった。独身である以上、そうしたくらしぶりが、いちばん手軽で、性に合う。それに何より、好きな米の中に埋もって寝るというのは、いい気分である。浮いた金は、すべて相場に回した。

折から、株式市場と米穀市場も、ともに、はげしい動きを見せている時期であった。豆二が入営した年の夏、第一次大戦が勃発《ぼっぱつ》していたが、開戦後しばらくは、先行き不安から売り向かう筋ばかり多く、市場は暴落続き。このため、大阪では、地元の大銀行である北浜《きたはま》銀行が取引停止に追いこまれ、米穀市場が休会するさわぎまでひき起した。

中の島の大阪市公会堂を個人で寄付した相場師岩本栄之助《いわもとえいのすけ》は、このとき、「戦争は買い」という判断から、一気に買い進んでいたため、大きな痛手を受けた。先が見えすぎ、買いに出るのが早すぎた。そのあとになって、戦争景気が日本を蔽《おお》った。市場は、急騰につぐ急騰。

しかし、岩本は、このときになって、生来の仁俠心《にんきょうしん》から、一部の弱気筋にたのまれて売り方に回り、このため、おびただしい損失を受け、

ついに大正五年の秋おそく、

「その秋をまたでちりゆく紅葉《もみじ》かな」

の一句を残し、三十九歳の身で、ピストル自殺を遂げた。豆二が除隊した直後のことである。

岩本の悲劇は、相場の世界だけでなく、ひろく社会的な話題になった。朝日亭に行くと、お安は豆二の顔を見るなりいった。

「相場はこわいやないの。も少し、他の金もうけ考えたらあかんか」

豆二は答えなかった。戦争景気のため、あそこにもここにも、成金ばかり生まれているようだが、しかし、成功者の裏には、失敗者がある。相場師の悲劇は、有名な岩本だけのことではなかった。増富三六もまた、姿をくらましていた。岩本同様、開戦と同時に、強気に買って買って買いまくったのが、裏目に出たのであった。あとしばらく持ちこたえていれば大成金になったのだが、そこまで耐え切れず、敗退していた。

豆二は、いつか貸自動車で連れて行かれた本所《ほんじょ》の邸《やしき》へも行ってみた。三六はもちろん、下男下女のだれ一人も居らず、債権者に差し押さえられた空家になっていた。

「二、三万石の小大名になった」と、まんざらでもなさそうだった三六だが、いまはまた素浪人に逆戻りし、どこかに身をひそめていることであろう。

「有名無力、無名有力」という諺《ことわざ》がある。大阪の岩本の場合は、あまりに有名人すぎた。そこへ、生来の俠気《きょうき》も手伝って、動きがとれなくなった。有名人であるがために、自ら力を失った形である。それを思えば、豆二はもちろん、三六も相場の世界ではともかく、一般社会では、無名の存在である。それだけに、まだまだ再起する力はあるはずである——。

豆二は、お安にいった。

「おれは、やっぱり相場はやめられん」

「すかんぴんになっても？」

お安は不安そうな顔になった。

「うん。……けど、すかんぴんにならん自信はある。相場だって、やりようがあるんだ」

「どうやって」

「それは、いろいろと……」

豆二が考えたことは――。

――まず第一に、相場師は、俠気や義理人情にとらわれてはならぬということ。最初から最後まで、ソロバンに徹すべきである。もし、ソロバンどおりに相場をはり通していたなら、岩本の悲劇はなかったはずである。

――第二に、一気に大もうけをたくらんではならぬということ。勢いにのることはある程度は必要だが、高望みしてはならぬ。むしろ、ほどほどのもうけを、着実に積み上げて行くことだ。二、三万石の小大名になったら、次は、五万石クラスの大名を志せばよい。ところが、増富三六は、百万石の大名になることばかり夢見る男だった。その焦りが、三六のソロバンを狂わせてしまったのだろう。米の飯のうまいのも、腹八分までである。相場のもうけも、腹八分でとどめるべきではないのか。

——第三に、イチかバチか式の一発勝負にも問題がある。岩本の場合も、三六の場合もそうだが、ただ売り向かう、あるいは買い向かうだけでは、傷が大きい。それは、豆を一つだけまくような相場のはり方である。だめなら、一挙にだめになる。相場にも、豆を二つまくようなやり方が、必ずあるはずである。ネズミがだめなら、卵があるというやり方である。屋島の主人は、それを「ヘッジ」とか「保険つなぎ」の考え方だと、教えてくれた。つまり、そうした相場のはり方があるということである。

豆二は、まだ経験も浅く、また、動かす資金が限られているので、そうした相場をはったことがない。それに、豆二の若さでは、やはり、一発勝負が気に入っていた。そのために、浮きつ沈みつで、結局、もうけらしいもうけをまだつかんでいない。だが、いつかはきっと——。

お安は、じっと豆二をみつめて、

「ところで、あんた、一銭銅貨持ってる?」

「うん」

豆二は、財布をとり出して、中をのぞいた。すると、お安も首をのばして、その中をのぞきこんだ。

「何枚もあるやないの」

「それがどうした」

「十枚あったら、十銭銀貨に代えてあげるわ」

「店でこまかい金が欲しいのか」

「それもある。けど、それだけやない。あんたのためや」

「おれのためだって。どうして」

「こまかい金持ってると、つい、気やすうつかいたくなるもんや。けど、十銭銀貨をくずしてつかうとなると、ちょっと考える。そこのところが、かんじんやで」

「…………」

「わては、できるだけ、こまかい金は持たんようにしてる。十銭銀貨も五枚たまると、すぐ五十銭銀貨に代えてしもう。そうなると、惜しうて惜しうて、簡単につかう気にならへんのや」

「…………」

「それにな、豆さん。そういう気持でいると、一銭銅貨が一枚や二枚で居るのを見ると、さびしそうに見えて、かなわんのや。早う五枚か十枚に仲間をふやして、昇格させてやりましょうという気になる。これは、一種の人情やで」

「妙な人情だな」豆二は苦笑した。

奥の方から、お安を呼ぶ声がした。お安は、豆二に顔を寄せると、

「あんたが、どうやってもうけるか、わてのもうけがどうなるか、これからのたのしみや」そういったあと、少しかすれた声になって、つけ加えた。「わて、あんたを他人と思えんよってに、こんな忠告したり、いい知恵教えたりするんや。そこんとこを忘れんで欲しいな」

「わかった、わかった」

豆二は、大きくうなずいた。

朝日亭を出ると、外は街灯の下に、横ぶりの雨が銀色に光っていた。大川からは、いつもになく、近々と波の音がきこえた。風も強く、傘をふきとばされそうである。店々は大戸を下し、倉庫の群もひっそり肩を寄せ合って、中には、心張り棒を外から打ちつけたところもある。九月も終わろうというのに、おくればせの台風が、関東地方にやってきていた。

大きな体を折るようにして、豆二は雨の中を歩いた。

晴れたり曇ったりのおだやかな日和《ひより》ばかりではなく、ときには、こうした嵐《あらし》の日も来る。それは、相場の世界だけでなく、人生にもあることだ。その嵐に備える工夫を、相場でも、人生でも、考えておくべきではないか。イチかバチかだけで行くのは、痛快だが、ある意味では、気楽すぎるともいえる——。

「銅貨を銀貨」というお安の話をきいたとき、豆二は思わず苦笑したが、あのとき、お安は真剣であった。そうした真剣さは、ぬくぬくと育った萩野冬子などが知る由もないものである。豆二は、タカネの花とはちがった意味で、冬子を遠いものに感じたし、逆に、お安に同類の持つ親しみを抱いた。いじらしくもある。引き返して、「がんばれよ」と、声をかけてやりたくもなった。

横なぐりの雨に打たれながら、豆二は屋島商店の倉庫にたどりついた。途中、堀川の水かさが増し、道路の低いところでは、水が溢《あふ》れているところもあった。

嵐《あらし》は確実に迫っていた。もっとも、まだラジオさえない時代なので、どれほど大型の台風が接近しているのか、豆二は知る由もなかった。

豆二が寝泊りしている倉庫は、かなり、がんじょうな造りであったが、念を入れて、扉には、中から心張り棒をかけておいた。深川周辺は、海抜ゼロメートル地帯のため、よく水が出る。道路が川のようになるが、その水はまたいつとはなしにひいて行くという形なので、水への警戒心はあまり持たなかった。

倉庫の中には、米俵が十俵の高さに積み上げてある。豆二が寝るのは、その一隅の応接間風の三畳である。小僧時代は三和土《たたき》の上にタタミを敷いただけだったが、いまは、とにかく床をつけ、部屋の体裁にはなっていた。

ふとんを敷いて横になると、寝つきのいい豆二は、すぐ寝こんでしまった。ふつうはそのまま朝まで寝入ってしまうのだが、明け方近く、珍しく目をさました。戸外の風雨の音だけでなく、何となく異様な気配が、倉庫の中にあった。水音のようなものが、耳近くできこえる。

豆二は、顔を横に向けてみた。小さな終夜灯と、外から射すかすかな光。その光をはね返すように、倉庫の中には、一面に水のようなものが光っていた。いや、まぎれもなく水であった。潮をふくんだ川の水のにおいが、鼻をついた。水は、すぐ枕《まくら》もとまで来ていた。

豆二は、はね起きた。そのまま眠っていれば、水に耳を洗われるところであった。

「これが、ほんとに寝耳に水だ」豆二は思わずひとりごとをいい、だれも居ない倉庫の中で、声を立てて笑った。

豆二は、動揺しなかった。おびえもなかった。もっとも、笑いは、すぐ、ひいた。笑ってすむ事態ではない。うす闇《やみ》をすかし、水位と、水のふえ方をたしかめた。

水の動きは、ほとんど止まっていた。積み上げた米俵の列は、下から二俵から三俵ぐらいのところまで、水につかっていた。じたばたしても、はじまらぬ。この大量の米を、どう処分するか、それを考えねばならぬ。天災だからと、あきらめては居れぬ。少しでも、損を少なくする処分方法はないのか。豆二は、水に浮く島のようになった三畳の間で、ひとり腕組みして考えはじめた。

――この様子では、深川一円の米倉庫が、水浸しとなっているであろう。新米の出回る直前の端境期《はざかいき》にこの被害では、米相場にもひびくし、外米の輸入を促進することになる。外米輸入商の商いもふえる。いつか、豆二が三六の邸《やしき》で会った白髪の老人鈴木弁蔵は、外米輸入商では、いちばんの大手になっていた。いかにも剛欲そうなあの鈴弁のところへ、また大金がころがりこむのか――。

扉をたたく音がした。「番頭さん、番頭さん！」

豆二は、ようやく、腕組みをといて、ゆっくり立ち上った。

「番頭さん、大丈夫ですか！」

「おぼれちまったんじゃないかな」

心配そうな声に、豆二は、「おうっ」と、ほえるようにこたえ、水の中へ下りて行った。

外へ出ると、一面の水であった。海の中に、店や倉庫の屋根が並んでいるといった風景であった。満潮時と南の風が重なったための大津波で、日本橋・京橋あたりまで、大水だという。深川は、もちろん、全滅であった。

それからしばらくは、どの店も倉庫も、大さわぎであった。屋島商店では、きびしかった主人が死に、二代目があとを継いだところ。このため、豆二が、非常時の采配《さいはい》をふるった。店々が、濡《ぬ》れ米を捨て値同然であわてて搬出するのとは逆に、豆二は、濡れた俵を木場の貯水池まで運んで、水の中へつけさせた。水に浸しておけば、かえって、くさらない。米を勉強し、米と親しんだおかげで、豆二の大きな耳には、米の声がきこえていた。どの道、クズ米としてしか扱われないのだが、各店いっせいに売りいそぐのだから、捨て値がさらに捨て値になる。その買いたたきのタイミングをはずし、値の立ち直ったところで売ろうという計算である。「働き一両・考え五両」であった。

値が少し戻ったところで、水から引き上げ、塩気を洗い落とし、蒸気でむして乾燥させる。多少、手間はかかるが、その手間賃以上に高く売れた。まず、みその原料として、近県へ売りさばき、さらに、オコシの原料として、遠く大阪へ売った。三年がかりで処分するという、気の長い商法であった。

五　妻をめとらば

豆二は、結婚を考える歳になった。

浸水さわぎのおかげで、倉庫には住めなくなり、とりあえず間借りの身だが、いろいろ不自由も多く、早く所帯を構えたい。それに、所帯を持つのと持たないのとでは、世間の信用もちがう。

だが、そうしたことより、豆二に切実に結婚を考えさせたのは、萩野冬子が女学校を卒業するということである。降るような縁談を、いままでは「在校中」ということで断わっていたが、その防壁がなくなる。タカネの花のまま、冬子が他の男に嫁いで行くのかと思うと、豆二は、残念でならなかった。にわかに、冬子こそ最高の妻という気持が強まった。

豆二も、若いひとりの男である。所帯もちがどうこうというより、女としての美しさにとらえられた。お安との比較など、問題にならぬような気までしてきた。世界がちがうかも知れぬが、とにかく、ぶっかってみよう。豆二は、ほとんどケンカせんばかりのたかぶった気分になった。

それに豆二は、このごろ、相場がおもしろいほど当り続け、三万円近く、もうけ出していた。(いまの金にすれば、三〇〇〇万円にもなる)もはや、無一文の小僧ではない。それに、これからも、「働き」も「考え」も、人一倍、奮発するつもりである。

豆二は、冬子への求婚を決意した。勝ち目のなさそうな勝負だが、イチかバチかである。冬子がダメなら、お安がある――という気はなかった。結婚に限って、そうした「保険つなぎ」は考えない。それは、お安への侮辱にもなる。それよりもまず、お安にことわった上で、正正堂々と申しこみに行こうと思った。

休日の夕方、豆二は、お安を大川端に呼び出して、打ち明けた。

お安は大きな口をあけ、とび出た目をまるくしてしばらく豆二を見つめていたあと、吐き出すようにいった。

「ほんまかいな」

豆二が黙っていると、

「高望みや。タカネの花というたやないか」

「…………」

「あんた、やけくそか。それとも、頭がおかしうなったんとちがうか」

そういうお安こそ、やけくそないい方であった。口惜《くや》しさが、顔ににじみ出ていた。それだけに、かつてお安が見せたことのない女らしい表情ともいえた。豆二は、心のうずきを感じた。

――申訳ないが、これだけは、豆を二つまくようなわけには行かんのや。

そういいたいのを、こらえた。

永代橋《えいたいばし》を渡る市電の音が、きこえた。ポンポン蒸気が、次々と小さな煙の輪を打ち出しながら、隅田川を上って行く。豆二は、目を閉じ、軽く頭を下げていった。

「どうなるかわからんが、とにかく、申しこんでみる」

「あほ！」

「……あほでもいい」

あきれたというように、お安は一瞬黙ったが、すぐまた、たたみかけた。

「あんた、いつか、冬子さんはフランス人形のようだというたな。万一、この話がまとまるとしても、あほ見るのは、あんたや。所帯持つのは、フランス人形とままごとやるのとちがうよってな」

豆二にもわかっていた。そうなるとしても、身から出たサビと、覚悟の上であった。

「この縁談がうまく行くか行かぬは別として、これからは、あんた、女友達としてつき合ってくれ」

「女は余計や」

「え？」

「ただの友達や。どうせ、あんた、わてを女と見とらんのやろ」

「そんなことは……」

「友達でええ。それとも、好敵手や。わてはわき目もふらず金もうけするで」

お安は、元気こそないが、ようやく、いつものさばさばした口調に戻った。

豆二は、二代目の屋島の主人を介して、萩野家に正式に縁談を申し入れた。その場で一笑に付されると思ったが、主人の伝えた先方の答は、「しばらく考えさせてほしい」ということであった。すぐことわりをいえば、角が立つ。それもまた社交辞令かと思ったが、主人はさらに、

「一度、御当人が鎌倉へ」という先方の言葉のあったことを、つけ加えた。

次の休日、豆二は鎌倉へ出かけた。

まず、冬子の両親が、豆二をサロンに出迎えた。大審院判事である父親は、冗談めかしていった。

「わたしは、職掌柄《しょくしょうがら》、調べることが得意で、あなたの身辺もいろいろ調べてみたが、なかなか見どころのあるひとのようだ」

母親は母親で、

「兵隊のころとは、すっかりお変わりになって。男は変わらなければ、だめですものねえ」

豆二は、目をみはった。まんざらではない、いい方である。

母親はまた、所用で群馬の実家に帰っていたとき、たまたま、新聞で豆二のことを読んだと、目を細めていった。

前年、深川の米問屋筋さえおどろくような米価の高騰から、米騒動が起った。これにこりて、各県では、米の増産や改良がさかんになったが、群馬県と県議会で標準米査定についての勉強会を持つことになり、その講師として豆二が招かれ、議会壇上から講演した。その講演要旨を写真入りで報道した新聞が、冬子の母親の目にとまったわけである。

小僧時代の米の産地当て競争にはじまる米についての勉強の甲斐《かい》があって、豆二は若いのに選ばれて、深川の正米《しょうまい》市場で、年輩の理事たちと肩を並べ、標準米査定委員をつとめていた。そこを見こまれ、群馬県への講師にも出講させられたのであった。

米問屋の仕事はつらく、いそがしく、かつて豆二と米の産地当てをやった小僧たちは、もうほとんど深川には居なくなっていた。豆二と同じ店へ同期に入った中でも、残っているのは、豆二ひとりである。そうした豆二のねばり強さも、調べれば、すぐわかることであった。冬子の両親が「見どころがある」というのも、お世辞ばかりではなさそうであった。いずれにせよ、豆二は、面目をほどこした。米のおかげ、耳のおかげである。「働き一両・考え五両」のせいである。

豆二は、両親の理解をうれしく感じたが、理解はそれだけではなかった。

「結婚は当人同士のことだから、二人で、よく話し合いなさい」

そういって、冬子をそこへ呼び入れると、両親は入れ代わりに席をはずしてしまった。上流社会は閉鎖的で封建的と覚悟してきたのに、思ってもみない開明さである。

冬子ひとりを前に、豆二はどぎまぎし、また、まぶしかった。だが、その思いをこらえ、目を上げて、冬子を見つめた。これは、人生にただ一度のイチかバチかの勝負である。どんな相場をはったときよりも、鼓動がはずんだ。

それにしても、二人の世界はちがいすぎる。何かまたヘマをいったり、仕出かしたりするのではないかと、不安であった。

冬子は、庭にできたという柿《かき》をむきはじめた。しなやかな指が、器用にナイフを使う。濃いえんじ色の皮が、テープのようにのびて行く。それを見ている中、豆二の心は落着いた。

柿はよかった。ケーキでも出されれば、豆二はかたくなったかも知れぬが、柿なら安心である。貧しい山里の村にもふんだんにあった親しい果物である。

「柿はいいですね」

その気持をこめていったが、もちろん、冬子に通ずるはずはない。

冬子は手の動きを止め、微笑して豆二を見た。

「お好きですか」

「ハイ」

豆二は、大きな声で答えた。二人だけの会話のはじまりであった。

豆二は、それから先、どんなことを、どんな風に話したのか、おぼえていない。その場をはずせば、二度と冬子に会えなくなるかも知れぬと思うと、豆二の頭の中には、ひとつだけどうしてもきいておきたい質問がふくらんだ。

——自分を縁談の相手として、どの程度に考えてくれているのか。

豆二は、半ばうわのそら、目をつむる思いで、その質問を口にした。

「考えてもいません」と、一笑に付されるか、「わたしの問題でなく、両親に……」と逃げられるか、そのあたりの返事を覚悟していたのだが、冬子のかわいい口は、思いもかけぬ答をいった。

「わたしは、結婚してもいいと思っているの。ただ……」

「ただ？」

豆二は、小さな目をいっぱいにみはって、冬子を見つめた。やはり、「家柄が……」とか、「両親が反対で」とでもいうのかと、思った。

冬子は、微笑したまま、はっきりといった。

「あなたはお米屋さんづとめだけど、いつまでも、そのままのお米屋さんでは、いやよ」

豆二は、衝撃を受けながらも、大きくうなずいた。

「ハイ、もちろん、それは……」

米屋の番頭の将来に、大きな飛躍があるものではない。せいぜい独立して、小さな米屋の主人におさまるぐらいのことだが、冬子は、「それではいやだ」と、あっさりいう。考えようによっては、容易ではない条件なのに、冬子はそれを何でもないことのようにいった。事実、彼女は、本気で、何でもないことのように思っているのかも知れない。世界がちがっていた。「熊さん、八つぁんでもいい」という冬子の考え方には、どこか、ままごと好きのお嬢さんのあまさがあった。それに加えて、「そのままではいや」と、簡単にいえるのも、お嬢さん的な世間知らずによる面が多分にあるであろう。こうした娘を妻にもらえば、先行き、いろいろ、思いやられもする。だが、同時に、その屈託のなさが、豆二を奮発させることになるかも知れない。

事実、豆二は奮起した。

豆二は、もともと、ただ下積みの米屋として生涯を終るつもりはなかったが、冬子の言葉に、その決意が、さらに、かたまった。

だが、それからしばらくして、豆二は、冬子がまた、たいへんなことを、ごく簡単にいってのけるのに、ショックを受けた。

それは、婚約が整い、冬子が許婚者としてのあいさつに、豆二の生家へ出かけたときのことである。

二人は、上越《じようえつ》国境の山深い駅で下り、村に向かって歩いた。駅がかなり高所にあるため、村までは、かなり長い坂道になる。村の様子は、相変らずであった。大豆《だいず》の畑や山間の水田で、黒くなった男女が、営営と働いている。「働き一両」だけの世界であった。

やがて、谷川の向うに、はるかに豆二の部落が見えてきた。あらかじめ連絡してあったので、豆二の弟が馬をひいて、こちらの川岸で待っていた。谷は深いし、川幅も広い。ふだんは、水量こそたいしたことはないが、石がごろごろした急流のため、川には橋がなかった。ハダシになって、ときには水につかりながら、とび石づたいにその川を渡るのだが、病人や大事な客のためには、特別に馬を出し、その背にのせて、川を渡していた。

その折角の好意の馬を前にしながら、冬子は、はっきりいった。

「わたし、馬はきらいよ」そのあと、冬子は豆二を見つめ、「あなた、ここに橋かけて下さいね」

豆二は、さすがに「ハイ」とはいえず、「おう……」と、半ばおどろきの声を上げただけで、思わず、弟と顔を見合わせた。

——冗談じゃない。世間知らずもいいかげんにしてくれ。

と、いいたいところである。

犬小屋でもつくるのとは、わけがちがう。小川に小さな橋ひとつかけるにしても、かなりの金が要《い》る。まして、大きな谷川に本格的な橋をかけるのは、一大事業である。村の財政では不可能で、県か国でなければできない工事なのだが、部落や村が過去にどれほど陳情をくり返そうと、交通量の少ないのを理由に、ついぞ、とり上げられなかった。それがつまり、簡単にできる橋でないことを証明している——。

しぶる冬子をようやく馬上にのせると、豆二兄弟は両側から手綱《たづな》をとり、馬をはさんで、川を渡り出した。

馬の長い鼻面の向うから、弟がささやいた。

「えらい嫁さん、もらうことになったのう。兄さん」

「うん」

いったんうなずいたあと、豆二は、あわてていい直した。

「いや、おれは負けんように、がんばるぞ」

弟は、妙な顔つきで豆二を見た。あわれみさえ浮かべて。

いったあとで、豆二も、そのいい分のおかしいのに気づいた。男と女が共同生活をはじめようというのに、「負けんように」とは、不穏当である。だが、それが、そのときの豆二の正直な気持であった。

結婚――それは、一種いい意味でのけんかのはじまりかも知れない。お互いに知らない全く新しい世界が二つ、長い生涯をぶつかり合い、みがき合って行く。何も同じ世界に重なり合うことはない。互いにけしかけるのもよし、競争し合うのもいい。そこに、豆を二つまくような結婚生活の意味があるのではないか――。

いずれにせよ、思いもかけず順調に縁談はまとまった。豆二は「夢ではないだろうか」と、ときどき、だれも居ないところで、頰《ほお》をつねってみることもあった。

相場でもそうだが、物事は決していい調子ばかりには行かない。大名と素浪人の間を往《ゆ》き戻りしている増富三六ほどではないが、何事にも、浮き沈みがつきまとい、陽のうらには陰がある。ただ、せめて結婚式までは、浮き沈みなく、順調に縁談を進行させたかった。そのためもあって、豆二は、婚約の成立をできるだけ、ひとにはいわないでいた。お安にも告げなかった。どんな形ででも、妨害されたり、水をさされたりしては困る。

豆二は、毎日、祈るような気持で過した。話がうますぎると思うだけに、不安というか、不吉な予感が、消し切れないでいた。

不吉といえば、豆二が増富三六の家で会った白髪の老人、鈴弁こと鈴木弁蔵は、あのがめついほどの金もうけ熱心のおかげで、横浜では指折りの成金の一人になっていた。きれいな女を、あちこちに囲っているといううわさもあった。だが、その鈴弁が、ある日、東京に出たまま行方《ゆくえ》不明になり、捜索願いが出されているということであった。

大正八年（一九一九年）六月六日、新潟県三島《さんとう》郡大河津《おおかわづ》村の信濃川《しなのがわ》の岸に、大型のトランクが流れついているのが、村人に発見された。トランクの中には、首と両脚のない死体がつめられていて、捜査の結果、捜索中の鈴木弁蔵（六十四歳）の遺体の一部であることがわかった。

鈴弁殺しに関して、二人の犯人が逮捕された。主犯が、農商務省米穀担当技官の山田憲《あきら》（三十歳）、共犯が、その友人である農学士渡辺惣蔵《そうぞう》（二十八歳）。

山田は、役所づとめの傍《かたわ》ら、こっそり、相場に手を出して大きな損をし、それを埋めるためもあって、職務上知り合った鈴木弁蔵から五万円という大金を借りた。その代りに、山田は鈴弁を外米指定商にするよう運動すると約束した。単なる貸借というより、一種の贈収賄である。

だが、政府の方針が外米指定商を設けないことに変わったため、失望した鈴弁は、にわかに山田に貸金の返済を迫った。鈴弁の催促は執《しっ》拗《よう》であり、「返さなければ、上役にばらす」と迫ったため、追いつめられた山田は、自宅に鈴弁をおびき寄せ、渡辺にバットでなぐらせ、自分がナイフで刺して殺害。その上でバラバラ死体にし、地理にくわしい新潟県長岡《ながおか》まで汽車で運んだ上、信濃川へ流したのであった。

バラバラ殺人という残虐さに加えて、被害者が被害者であり、さらに犯人が、「官員さま」と「学士さま」という意外さから、事件は、「鈴弁殺し」として、大々的に報道された。「相場」とか「成金」とか、当時の時代の風潮を反映した事件であり、また、剛欲な金貸しを学士が殺すという「罪と罰」事件の日本版だとする見方まで出て、とにかく、騒々しい話題になった。

豆二は、吉良上野介《きらこうずけのすけ》を思わせる鈴弁の風貌《ふうぼう》を追想しながら、「鈴弁殺し」に関する報道を熟読していたが、やがて、事件は、思わぬ方向に飛び火した。鈴弁と山田の間だけでなく、一般的に、米問屋と農商務省担当官との間に不明朗な関係があるらしいというので、警察の捜査がはじまり、ある日、屋島商店の責任者へも、事情聴取のため、出頭を求めてきた。

「店のことは番頭任せだ」と、若主人がいうので、豆二が番頭たちを代表して、召喚に応ずることにした。ところが、警視庁に出頭してみると、そのまま逮捕され、ブタ箱に放りこまれてしまった。

豆二は、あわてた。冬子との結婚式が五日後に迫っていたからである。

さらにわるいことには「外米輸入に関する汚職容疑で、大手米問屋の番頭逮捕」というわけで、豆二のことが、いっせいに各新聞に報道された。鈴弁事件が尾をひいていて、派手《はで》な扱いである。死んだ鈴弁にたぐり寄せられ、悪の主役の一人に仕立てられた感じであった。

豆二にしてみれば、身におぼえのないことであった。

屋島商店では、朝鮮米も扱っている。それは、豆二が小僧時代、井倉について熱心に米の勉強をし、上質の朝鮮米なら内地米に劣らぬと見て、先代の主人に進言したことからはじまったもので、米問屋としては、最初の朝鮮米移入であったが、果して評判もよく、利益が上った。そうしたことからも、豆二は主人のおぼえがよくなったのだが、いまはそれが裏目に出た。

もっとも、豆二自身は、いまは内地米の取扱いが中心の仕事であり、また、屋島商店としても、そうした在来からの朝鮮米移入こそ扱ってはいるが、いわゆる外米輸入についての工作は行なっていなかった。取調べは、きびしかった。これに対し、豆二が頭から否定してかかったため、捜査官の心証をわるくし、ブタ箱へ放りこまれた形であった。

二日目、弁護士がきたとき、豆二は、萩野の家で、急遽《きゅうきょ》、親族会議が開かれたことをきかされた。かねて親戚《しんせき》の間では、「冬子を米屋の番頭になぞ嫁がせるな」という意見が強かったが、この一件で、それが再燃し、婚約解消の議論になったという。

豆二は、暗然とした。やはり、話がうますぎた。

豆二は、くさくて、暗い留置場の中で、思いきり頬《ほお》をつねってみた。痛かった。ブタ箱の住人であることは、まぎれもない現実である。大名から、もとの素浪人に落ちた心境であった。

三日目、「萩野冬子が面会にきた」と知らされたとき、豆二は、うれしさよりも、「やはり」と、絶望的な気分になった。

留置場のはずれに、小さな面会室があり、和服姿の冬子が案内されてきた。荒野のはずれに、一輪、大輪の花が舞い落ちた感じであった。なるほど、これこそ、まさにハキダメにツルだと、豆二は、げっそりしながら思った。

金網をはさんで向かい合う。

「よく、こんなところへ来てくれましたね」

豆二がうなだれていうと、

「わたし、はじめてよ、こうした場所」

冬子は、屈託のない声でいい、物珍しそうに部屋の中を見回した。

豆二は、苦笑し、

「そりゃそうでしょうよ。度々来るところじゃありませんよ」

冬子も笑っていった。

「でも、あなたのおかげで、いろいろ変わったところを見せてもらえるわね」

皮肉ではなく、本気でそう思っている様子であった。

豆二は、頭をかいた。婚約してから、豆二は、はじめて帝国劇場とか三越とかへ連れて行かれたが、その代りに、豆二は、橋のない川とか、留置場とかへ、はじめて冬子を案内したというわけだ。

そうした会話のあと、冬子は、少しばかり改まって、切り出した。

「親族会議があって、いろいろ意見が出たわ。でも、最後は、父が断を下したの」

「何という……」

覚悟はしていた。豆二は、息の止まる思いで、耳をすました。

「父はいったわ。いかにも裁判官らしく。いえ、それとも、裁判官らしくなく、というのかしら」

冬子は微笑した。豆二は、両手のこぶしをにぎりしめながら、促した。

「何と……」

「裁きがつくまで、本当のことはわからん。いや、裁きがついても、本当のところはわからんかも知れん。結局は、冬子が豆二君を信頼するかどうかだと」

「それで、あなたは」

「もちろん、信頼してるわ」

「ありがたい」

豆二は思わず頭を下げた。面会室の中が、一度に明るくなった気がした。

それにしてもと、豆二は思った。そういうことなら、何も、冬子がわざわざ留置場まで来ることはないのではないか。

豆二のその気持を読みとったように、冬子はつけ加えた。

「父がそのことを一言、おまえから豆二君に伝えてやれ、きっと彼もしょげてるだろうからといって」

冬子は、そういってから、豆二をいたずらっぽく見つめ、

「どう、しょげてる？」

「いや……」

豆二は、あわてて首をはげしく横に振った。

それにしても、結婚式はあと二日後に迫っている。

「間に合わなければ、延ばせばいいのよ」

と、冬子はまた、あっさりという。それは、そのとおりだが、しかし、簡単なことではない。

日ごろはケチな豆二だが、いざというときには一流の場所で一流の

ものをという気持から、結婚式には思いきって金をかけ、式場には当時超一流の芝の紅葉館《こうようかん》を選び、多勢の友人知己に招待が出してあった。豆二は、留置場の中でやきもきしていたが、結婚式前日、無罪放免になった。間一髪のところであった。

銭湯で念入りに留置場のアカを落としてから、次の日、豆二は紋付《もんつき》袴《はかま》の花婿姿で、芝の紅葉館に出かけた。

式や披露宴《ひろうえん》の手配は、十分すませておいたつもりだが、あまり多くの客を招いたため、「知らない顔が多すぎて、つとまりません」と、受付係の若い番頭が、悲鳴を上げた。客を招く以上、最高に礼を尽くすべきだというのが、豆二の考え方である。受付で失礼があってはと思うと、もう、じっとして居れなくなった。

「ちょっと見てくる」と、控室を抜け出し、受付に立った。来客に、膝《ひざ》まで手の届く最敬礼をする。

折から結婚シーズンのため、玄関番は忙しく、下足の整理がおくれていた。そのため、いらいらしている客もある。それを見ると、豆二はまた、じっとして居れなくなった。「ハイ、こちらへどうぞ」と、下足を受けとり、引換の木札を渡す。客が立てこんでくると、いよいよ忙しくなり、豆二は受付と下足番に熱中した。

一方、式場の控室では、時間になっても花婿が居ないと、大さわぎになった。「やはり気がひけて、この期《ご》に及んで逃げ出したのか」という親戚《しんせき》もある。

仲人《なこうど》たちがあわててさがしにかかると、「花婿は、いま玄関で下足番をやっていましたよ」と、客が教えてくれた。

豆二は、とんできた仲人に手をつかまれ、式場へ連れこまれた。

新居は、牛込《うしごめ》に二階を借りた。六畳と三畳の二間で、家賃は二十五円。豆二の月給は、五十円である。ネズミや卵の代金から積みはじめた貯金が相場でふえて三万円になっているので、何とかなるものの、まずは身分不相応な家構えである。二間必要だったのは、新婚夫婦だけなのに、女中を置いたためである。

冬子は、また屈託のない声で、当然のことのようにいった。

「わたし、家事に自信がないの。あなたに不自由かけるといけないから、女中を置いてね」

妙な理屈だと思いながらも、豆二は、

「ハイ」

それにしても、豆を二つまいて、とは思うが、二人の世界はちがいすぎた。先の思いやられる結婚生活のはじまりであった。

六　暴力買い

豆二が、結婚以来、久しぶりに朝日亭に行くと、顔を見るなり、お安に大声でやられた。

「あんた、あほかと思うとったら、ほんまにあほやな」

客や給仕女たちが、いっせいに豆二を見る。やり手のお安は、いまはそこを買いとって、若いながらに、女主人の身となっていた。よく働くことも、口のわるいことも、相変らずである。

「しょうもないあほや」

近くにきて、お安は、また「あほ」をくり返した。何のことかわからず、豆二がきょとんとしていると、

「いったい、どないする気やね。あんな嫁はんもろうて」

「あんな嫁はん？」

「一々わてにいわせる気かいな」

「……うん」

「間借りの身で女中置かせるなんて、どない神経しとるんやね」

「あれは……」

豆二は絶句した。

冬子の気持をいったところで、こちらの社会では、通用するはずがない。二人分の食事をつくり、洗濯をし、二つの部屋の掃除をする――それだけの家事をやり遂げる自信がないなどといえば、ますます笑いものにされるだけである。

「所帯持つのは、ママゴトやるのとちがうんや。何やと思うとるんやろね」

「…………」

「そんなことしとった日には、なんぼ、あんたが金もうけたかて、間に合わへんで」

お安は、乱杭歯《らんぐいば》を見せ、顔をふるわせていった。

同性として、冬子をやくとか、罵《ののし》るとかいうより、豆二の財産のために口惜《くや》しがっている。義憤にかられているといった顔であった。豆二としては、ため息をつきながら、沈黙する他はない。

そうした豆二をじっと見つめていて、お安もまた、大きな息をついた。

「あんた、わるい夢を見とるんよ。何とか早う、目がさめんかいな」

お安が案ずるまでもなく、意外に早く目がさめる日がきた。相場の大暴落が起ったのだ。

米相場では、一石五十五円という新高値を記録していたのが、二十五円に下落。株式市場でも、ほとんどの株が、半値に下った。中には、七百円の高値から七十円にまで暴落した花形株もあった。市場は大混乱で、取引所も立会中止となる。大戦が終わり、三年続きの好景気の反動であった。

当時の成金たちは、ほとんどが値上りを見こみ買いで当ててきた連中である。豆二もまた、その一人であった。

暴落となれば、その値下り分は、まるまる買い方の損になる。また、信用取引のため、追い証、つまり、証拠金を追加して払わねばならぬが、それが、膨大な額に上った。豆二は、三万円の貯金をすべて下して払ったが、なお払い足りない。取引店からは、追い証取りが、きびしく督促にやってきた。だが、「払え」といわれても、金のないものは、払いようがない。「払え」「払えぬ」の押問答は、番頭として恰好《かっこう》がわるかった。また、新妻の冬子に見せたくない姿でもある。結局、追い証取りが来そうなときには、姿をくらます他はなかった。素浪人どころか、追手につけ回されるお尋ね者の心境である。

一文無しである。生活費にさえ事欠く有様になった。店の若主人にたのみ、年末の賞与を前借りした。

冬子は妊娠《にんしん》し、大きなお腹をかかえ、これから人手が要《い》るというのに、もちろん女中は置けない。それどころか、お菜を買う金さえ足らなくなり、みそ汁とツクダ煮だけの食事が続いた。生活の急変に、冬子は目をまるくしていた。

「どうして、こんな風になったの」

豆二には、簡単に説明のしようがない。冬子もまた、本気でわかろうとしている風ではなかった。

「……心配しないで下さい。きっと、いつかよくなります」

冬子は、両手でお腹をかかえ、

「うん、心配なんかしてないわ。だって、あなたを信頼してるんだもの」

女学生のセリフであるが、豆二は、それでも、ありがたかった。見限って逃げ出されても、仕方のないところである。それなのにでんと腰を下していた。貧乏を珍しがっているのか、あるいは、貧乏の味が本当にわかっていないのか。

もっとも、追い証取りは、夜ふけにも家へやってくるようになったので、豆二は家へ帰るのを避け、仙台堀沿いの倉庫に泊ることにした。川の水がにおう昔なつかしい倉庫ぐらし。どんな生活にも耐える気持はあるが、しかし、いったん美しい新妻と所帯を持ったあとでは、何ともみじめで味気なかった。

それに、以前は、たとえ倉庫ぐらしの身でも、ネズミ捕りからはじめた貯金の蓄積があり、気分的にも懐《ふところ》はあたたかであった。それにくらべて、いまは貯金ゼロ。負債が少なからず、芯《しん》まで冷えこむ思いである。

朝日亭へ出かける金もなかった。食事は店で小僧といっしょにとり、米俵のかげにかくれるようにして寝る。

倉庫ぐらしをはじめて一週間ほどしたある夜おそく、しきりに扉をたたくものがあった。追い証取りにかぎつけられたかと、逃げ支度をしながら、小僧に見に行かせると、お安であった。いつか道で会ったとき、お安にはここに居ることを打ち明けておいた。

お安は、焼きざかなに銚子《ちょうし》を一本。それに、大皿に盛ったチャーハンを運んできた。うす暗い倉庫の隅に、それを並べながら、「陣中見舞いといいたいが、そんな景気のええもんやないな。まずは差し入れというところや」

何といわれようと、豆二には、ありがたかった。

「かたじけない」

頭を下げると、

「差し入れやいうても、タダやないで」

「え？」

「わては救世軍とちがうさかいな」

「…………」

「貸しや。ぎょうさん利子つけて、あんたに貸しとくで。あとはあんたの出世払いや」

もったいぶっていったが、それは、照れくささをかくすためと見た。

さかなとチャーハンを半分ずつ小僧にやったあと、お安とさし向かいで、深夜の宴となった。

久しぶりのチャーハンに、豆二の舌はとけそうであった。

「うまいか」

「うん」

「特別、肉の多いところをさらってきてやったんや」

豆二がハシを休める間も惜しいという感じで食べ続けていると、お安は一呼吸置いて、

「肉食うのも久しぶりという顔やな」

意地わるいいい方だが、図星に近かった。新婚早々、情ないようなひもじい生活。豆二は、ふと思い出していった。

「あんたの占いも、当てにはならん。たしか、わしは食いものと乗物に一生不自由せんといったじゃないか」

「いうたかも知れん」お安は鼻を鳴らし、「けど、それは、あんたのひとりのときの占いや。脇《わき》から貧乏神がとりつきよった以上、こりゃもう、どうにもならんわ」

「貧乏神？」

「嫁はんのことや。どうせ、あんたには、福の神に見えるやろうけど」

豆二は黙った。酒のせいだけでなく、にわかに胸の中が熱くなった。豆二は、冬子があわれになった。焼きざかなやチャーハンを、冬子にも届けてやりたい。明け暮れ、みそ汁とツクダ煮ばかり。それは、冬子がかつて想像してみたことさえない貧しい食事であろう。「料理が楽よ」などといってはいるが、豆二への思いやりであり、負け惜しみでしかない。健気《けなげ》であり、いじらしかった。そうした冬子を「貧乏神」などと呼ぶのは許せない。といって、そのことでお安と口げんかすれば、ますます冬子の姿を傷つけるばかりである。それよりも、冬子が「福の神」であることを、実証して見せる他はない。

ふいに、お安がいった。

「あんた、嫁はんのこと想《おも》うとったんやろ」

「……よく、ひとの気持がわかるな」

「当り前や。食堂で、ただばたばたと働いているだけやない。お客さんがうまいと思うとるか、何を考えとるか、働きながら、じっと見とるんや。わてはわてで、そうやって勉強しとるんやで」

「…………」

「あんたはいま、嫁はんがかわいそうや、このごろろくなもの食わしとらん、申訳ないなどと考えとったんやろ」

「図星だ」

「けど、ここであまやかしたら、あかんで。わてはな、朝日亭で働く前は、朝はいつも、お湯に塩入れてのむだけですませたんや。昼と夜は、御飯に塩かけただけやった」

「それじゃ体が……」

「それでも、体は保《も》つ。ええか、わては、それでもまだぜいたくやったと、あとから気がついた」

お安はそこで、ある有名化粧品会社の社長の名をあげ、その社長が無名時代、いつも海岸に出て、潮風を吸い、それだけをおかずにして弁当を食べたという話を紹介した。

米倉庫の中は、静かであった。犬の遠吠《とおぼ》えの声がやむと、仙台堀の石垣を洗う水の音がきこえた。塩気を帯びた水のにおいが、目に見えぬ妖怪《ようかい》のように漂って行く。

皿などをかたづけると、お安は、得意そうな顔になって切り出した。

「わては、今度、越中島《えっちゅうじま》にも店を借りて出すことにしたんや。五人も入ればいっぱいになる小さな店やが」

「二つの店を、あんたひとりで？」

お安はうなずき、

「あちらは、商船学校の学生さん相手で、昼間忙しい。こちらの忙しいのは夜や。ひとっ走りの距離で、運動にもなるよってな」

豆二が感心した顔をしていると、お安はその目をのぞきこむようにし、

「どうやら、わての勝ちやな。わてのいうたとおりや、相場はこわい。考え五両どころか、五両の損や。それにくらべりゃ、働きには、損はあらへん。わては、働いて働いて、金残すで」

「…………」

「あんたも、これで、ほんま、目がさめたやろ。嫁はんのことは、わての口からどうこうせいとはいわんが、相場はやめなはれ」

「いや、やめん」

「あほ」

相場をやめれば、働き一両だけの連続。ただ下積みの米屋の番頭で終わってしまう。金は残るかも知れぬが、ケンカのない人生である。手ごたえもない。生きて行く以上は、勝ちたい。勝つという快感をたしかめたい。金銭は、それについて回るであろう。できれば、いつも勝ちたい。そして、総合点で勝ちたい。

豆二は、決意を口に出した。

「これからは、連戦連勝だ。いや、百戦百勝で行くぞ」

「相場師は、みんな、そういうとるわ」

豆二は、口では、とうていお安に勝てそうになかった。やはり、あっという実績を見せてやる他はない。

ただ、当分は、相場をはろうにも、資金がなかった。それに、追い証を払いきるまでは、取引店にも顔を出せない。わずらわしい追い証取りから逃れるためにも、豆二は、進んで地方回りへ出かけた。死んだ主人の教えどおり、作柄はどうかと、目をみはって歩いた。

前年（大正九年）は、六千三百万石という空前の大豊作で、折からの経済恐慌とぶつかり、米価は売りたたかれて大暴落し、豆二たちも手痛い目にあったのだが、この年（大正十年）も、田植えすぎまでは、天候もよく、まずまずの作柄と見られていた。前年、石《こく》当り五十五円から二十五円にまで落ちた米価は、年が明け春になっても、横ばいを続けていたが、六月ごろから、少しずつ上に向きはじめた。それは、端境期《はざかいき》に向かっての上げにしては、少し早かった。「おかしいな」という声が、深川の回米問屋街でささやかれたが、その声が、じきに、ふるえをおびてきた。

買いの正体がわかり、深川は緊張した。

買方の大手は、石井定七《いしいじょうしち》であった。大阪の横堀《よこぼり》に住み、「横堀将軍」のあだ名のある稀代《きたい》の大相場師である。その莫大《ばくだい》な個人資産に加え、「借金王」と呼ばれるほど底知れぬ資金動員力を持つ男である。

石井は、まず、大阪の堂島《どうじま》市場で、大量の買いに出、さらに、四日市《よっかいち》、桑名《くわな》、東京の蠣殻町《かきがらちょう》と、各清算市場に次々と買いをかけてきた。

資金力に任せての堂々たる買いである。そして、石井が買いに出たというので、どっと、提灯買《ちょうちんが》いがつきはじめた。

その買い方を支援でもするように、七月も土用に入るころから、天候がくずれ出した。米にとってはいちばん日照りがほしいときに、雨ばかり降り続いた。不作、つまり、さらに米価高騰の心配が出てきた。

深川にも、雨は降り続いた。

それは、豆二の居る屋島商店はじめ、回米問屋筋の心や懐《ふところ》を冷やす雨であった。

「いったい、どうなってるのかなあ」

「石井は、天気まで買収してしまったのか」

冗談にも笑い声は出なかった。ひとびとは、低い墨色の空を仰いで、嘆息をついた。石井定七の像は、それほど大きく不気味に、深川を蔽《おお》っていた。

深川の回米問屋筋は、米を集めたり委託させたりして売るという仕事の性質上、現米が入ったとき、値下りに備えて、清算市場で先物を売りつないでおくのが、ふつうであった。豆二の店も、そうして売りつないでいた。

たとえば、いま石《こく》三十円で売るという先物取引をしておく。その三か月後、米価が二十五円に下れば、手持ちの米が値上りしても、すでに三十円で買方が受ける約束ずみだから、損はない。あるいは、その時点で、二十五円に下った現物（米）を買って、買方に三十円で受米つまり米を引き取らせることもできる。清算して、五円のサヤをかせぐこともできるわけである。

これは、大量の米を抱えて売るというその仕事上、出てきた保険つなぎの工夫であり、そこから相場では売りに入って行く。

だが、そのかんじんの先物の値が、下るどころか逆にじりじり上り続けるとなると、その保険つなぎが裏目に出る。手持ち米の少ない時期だけに、事態は深刻であった。

値上りを冷やそうと、豆二の店も、他の問屋も、しきりに売り浴びせた。だが、騰勢は一向に衰えない。買いの火の手は、ますます燃えさかる一方であった。

そうしたある日の夕方、豆二は、雨の中を浜町《はまちょう》に出かけた。秋田から上京する得意先を接待するためであったが、浜町でもいちばん格式の高い料亭「大海老《おおえび》」の前を通りかかったとき、思わず足をとめた。

番傘を持った若衆たちだけでなく、色とりどりの蛇《じゃ》ノ目《め》傘をさした芸者衆が、降りしきる雨の中にずらりと並んで、だれか客の来るのを待ち受けている。

金のかかった着物のすそが濡《ぬ》れるのも気にしないところを見ると、よほどの上客なのであろう。

――世間は不景気という時節に、こうした豪勢なあそびができる客は、いったい何者なのか。

豆二は、興味を持った。

客を接待するとき、豆二はいつも、たっぷり時間の余裕を見て出かけるしきたりなので、自身の宴席のために急ぐ必要はない。一本の柳のかげにかくれるようにして立っていると、警笛を鳴らして、黒塗りの自動車の列が現われた。芸者たちが、歓声を上げた。「石井さまよ！」

豆二は、息がとまりそうな気がした。買手の大将、横堀将軍石井定七が、いよいよ、のりこんできたのか。めったに人前に姿を見せぬという石井が。

車は合計五台。「大海老」の前に、次々と止まった。蛇ノ目傘の花の列がゆれる。豆二は先頭の車から下り立つ主人公の姿に、目をこらした。

それは、がっしりした四十半ばの男であった。濃く太い眉《まゆ》、柔道選手のようにつぶれた耳、への字に結んだ大きな口。精気に溢《あふ》れ、荒法師か大入道といった風格があった。

石井定七のその姿は、たちまち、いくつもの蛇《じゃ》ノ目《め》傘に蔽《おお》われ、玄関へ消えた。

五台の車からは、洋服姿の男が次々に下りて、蛇ノ目傘にかくれる。豆二のすぐ目の前の最後尾の車からも、男が三人下り立った。雨脚の中に、蛇ノ目傘や番傘がゆれ動く。その中から、小男がいきなり豆二に声をかけた。

「何だね。ケンカじゃあるまいし、こぶしをにぎりしめて」

皺《しわ》の多い顔いっぱいの笑い。増富三六であった。

いわれて、豆二は自分の手を見た。いつのまにか、しっかりこぶしをにぎりしめていた。豆二は、その手で照れかくしに顔を拭《ぬぐ》うと、三六にきいた。

「久しぶりですが、今日はいったい何事ですか」

「石井定七さんの御宴会さ。さっきまで、記者会見をやってね。そのまま、ここへくりこんできたわけだ」

「しかし、石井さんは、横堀の邸《やしき》の奥深くに住んで、自分は一歩も外へ出ないというひとじゃありませんか」

「そうだ。もともと、近江《おうみ》の甲賀《こうが》郡の出で、忍者の血をひいているひとだからな」三六は、まじめな顔でいい、「それなのに、わざわざ東京に来て、記者会見。石井さんが、どれほど今度の買いに力を入れているか、わかろうというものだ」

「それであなたは」

「おれか。おれはいま、石井軍団の東京における侍大将《さむらいだいしょう》みたいな役だな」

豆二は、三六を見つめ直した。忙しいひとだ。大名から素浪人、素浪人から小大名、小大名から素浪人、そして、今度は侍大将というわけか。

芸者に耳打ちされて三六は、「雨の中の立話も何だから、ちょっと中へ入らんか」といった。

三六の顔か、それとも、石井のおかげか、小座敷のひとつが、すぐ用意された。向かい合って座るやいなや、豆二は三六にきいた。

「すると、あなたは買いですか」

「もちろん買いだ。絶対に買いだ」

「…………」

「おまえは売りか」

豆二がうなずくと、

「去年の買いにこりたな。おれも、ずいぶんひどい目にあったが、それだけに、今度の買いで、一挙にとり戻してやる」

三六は、雨に煙《けぶ》る中庭に目をやった。

「見ろ、この天気だ。八月になって、晴れた日が、いったい幾日あった」

「しかし、天気のことはまだ……」

土用以来の悪天候続きに、ある程度の不作を覚悟しているが、天候は最後の最後までわからない。そのことを、豆二は、農民の子として、肌で感じてきた。

三六はいった。

「それじゃ、天気の話はやめて、相場そのものの話をしよう。いいか、相場は自然にできるものじゃなくて、つくられるものだ。いま、それをつくっているのが、石井定七さんだ。これまで石井さんが、どれほど大きな相場をつくってきたか、おまえも知っているだろう」

豆二はうなずいた。

石井定七は、材木屋の小僧のころ、ひそかに材木の買占めをして大もうけをした。このため、主人に見こまれ、娘をもらって、その店を継いだが、そのあとも材木相場で当て続けただけでなく、大正五年、大正六年と、米相場に出て、続けて大勝。勢いにのって、銅山の買占めでもうけ、さらに、綿糸や生糸の思惑でも当てるというわけで、堂《どう》島《じま》（米）や北浜《きたはま》（株式）だけでなく、蠣殻町《かきがらちょう》（米）や兜町《かぶとちょう》でも、指折りの大手となっていた。もちろん、本業の材木業界でも大立者《おおだてもの》で、前年（大正九年）の恐慌時には、数多い材木商が倒産寸前、石井の腕ひとつで各銀行に融資をとりつけ、救済されるという見せ場もあった。個人資産だけでも、三千万（時価三百億）とも、四千万ともいわれているが、それ以上におそろしいのは、その資金動員力である――。

三六は、豆二の顔を見ながら続けた。

「おれは、石井さんの横堀の邸《やしき》に行って、びっくりした。相場専門の侍《さむらい》が、八十人も居る。それに、今度の米の買いだって、堂島だけで、実に十四の機関店を動かしている。こんな相場師を、おれはいままで見たことがない。それに、石井さんは強気一本やり、おれも強気の三六だ。たちまち共鳴したな。おれがあえて石井さんの江戸詰め侍大将になったのも、そのためなんだ」

豆二が黙っていると、

「おまえ、何か理屈をいいたそうな顔をしているが、勝負は目に見えてるぜ。石井さんが力に任せて買いあおる以上、理屈は歯が立たない。まさに暴力買いといっていい買いだからな」

「…………」

「まだ作柄に望みをかけてるようだが、仮に作柄がどうあろうと、相場は別だ。資金のあるやつにひっぱられる。暴力買いに勝つものは、この世には何にもないんだ」

三六は、暴力買いという言葉が、すっかり気に入っているようでもあった。

豆二は、さりげなくきいてみた。

「暴力買いといったって、資金に限度があるでしょう」

「それがないんだなあ」

三六は、あたりをうかがうように、小座敷の中を見回した。お茶と菓子を置いただけで、芸者は立ち去っていた。三六は、それでも声を落とすと、

「あのひとは、おそろしいひとだ。借金王なんて、なまやさしいもんじゃない。さすが忍者の出だけあって、いくらでも金のつくれる魔法使いだ。造幣局みたいなひとだよ」

「どういうことですか、よくわかりませんねえ」

豆二は、聞き上手であった。わざと信じられないという顔をした。

三六は、石井定七の金づくりの秘術についてしゃべり出した。

まず、米を買って倉庫に入れる際、物件はひとつなのに、受取証と倉荷証券の両方を、それぞれ担保に入れ、二重に金を借りるのが得意であった。また、不動産を抵当に銀行から金を借りる際、ふつうは一行から借りれば終わりだが、石井は、二番抵当・三番抵当に入れることはざら。極端なときは、八番抵当にまで入れて、各銀行から金を動員する。

さらに、石井は、かつて高知商業銀行の経営不振を救ってやったことがあるところから、手形を振出してこの銀行に割引かせ、定期預金証書にする。この銀行としては、手形割引料が入り、預金が帳簿上ふえるのだから、文句はない。すると、石井は、その定期預金証書を、今度は大阪の一流銀行へ持参し、半額をその一流銀行の預金にし、半額だけ借りたいと申し出る。一流銀行は、地方銀行の発行した預金証書にまちがいないことを確認すると、これも、有利な取引なので、石井の希望に応じて、金を貸し、定期預金証書を出す。石井は今度は、その一流銀行の定期預金証書を持って、また別の銀行へ出かける……というわけで、手形さえ振出せば、際限なく金を集められる構えであった——。

豆二は、茫然《ぼうぜん》として、三六の話をきいた。想像以上であった。手に触れるものことごとくを黄金に変えてしまいそうな勢いである。

豆二は、怪僧といっていい石井の風貌《ふうぼう》を思い浮かべた。生来の勘と度胸の良さに加えて、そこまで徹底した資金動員力。気の強い三六が、石井の侍大将にあまんじているのも、当然といえた。豆二が考えこんでいると、三六は慰めるようにいった。

「わかったか、買いだよ、買いだ。絶対に買いなんだ」

三六と別れ、その夜の客の接待を終わって、米倉庫へ寝に戻る。横になっても、豆二の目はさえるばかりであった。「暴力買い」という言葉が、頭を打ち続ける。

圧倒的としかいいようのない買方の資金力。石井の手によって、たしかに相場はつくられて行くであろう。石井の買いにつられて、提灯《ちようちん》買《が》いが殺到するのも、当然と思える。これまでの豆二なら、ためらわず、その買いの群の中に身を投じていた。

だが、いまの豆二はちがっていた。時の勢いというものに対して、用心深くなっている。また、一発勝負ではなく、豆を二つまくような戦法をとるべきだと、心に決めている。この場合、どうしたらいいのか。

豆二の目の前には、小さな常夜灯の光を浴びて、米俵の列がそそり立っていた。

豆二は、耳をすましてみた。新潟の料亭のどんちゃんさわぎの席で、豆二の大きな耳をつまみ、「相場は目と耳だ」と教えてくれたのは、他ならぬ三六ではなかったか。その三六が、いまは勢いにのまれ、盲でツンボになってしまっている。豆二は、あくまで自分の目と耳を大事にしようと思った。

横になって米俵を見上げていると、やがて、ひそかな米の声がきこえてくる気がした。それまでは、世間の好景気さわぎにまどわされて、豆二の耳に届かなかった声である。

――いまのところ、たしかに思わしくない天気が続いている。だが、これからでも、まだおそくはない。強い日照りさえ続くなら、元気をとり戻し、平年作になってみせる。

問題は、作柄だけではなかった。前年の未曾有《みぞう》の豊作と、それに伴う米価の下落のため、米どころの各地の倉庫には、まだ多くの米が貯《たく》わえられていた。豆二は、それを自分の目で確認してきている。不作で米価高騰ともなれば、こうした米がいっせいに、深川めがけて動き出すであろう。

現に深川では、その春、十五、六万石の在庫とみられていたものが、端境期《はざかいき》に向かって減少するどころか、むしろ増加の一方で、いまはその倍近くに達していると、豆二はにらんでいた。それに、これまで東京市場に出たことのなかった広島米や岡山米まで、今年は深川に姿を見せていた。米価が高ければ、農家は自家用米まで割いて出荷してくるであろう。

とすると、眠っていた米に加え、これまで動かなかった米までが、どっと深川に殺到してくるはずである。地すべり的な米の大移動が予想された。

石井定七が黄金の泉を持っているとすれば、これに対し深川は、次次と湧《わ》き出る米の泉を持っている。

一方、米の消費量は一定していて、にわかにふえるはずはなく、需給バランスが大きくくずれるとは思えない。たとえ、蠣殻町の定期米市場で大暴騰の相場がつくられても、正米市場では、現物の動きに足をひっぱられ、異常なはね上りは示さないであろう。

とすると、買方がいくら定期米を高値につり上げても、売方としては、期米の納期に当って、渡し米に不自由はしないであろう。むしろ、高値をつくった買い方が、高値のままどこで逃げ切るかが問題ではないか。さもなければ、膨大な米を高値で引き取らねばならぬ破目になる——。

これが、豆二のはじき出したソロバンであった。金が勝つか、米が勝つか。「暴力買い」が勝つか、ソロバンが勝つか。

豆二は、米に賭《か》け、ソロバンに賭ける他はないと思った。

それからしばらくして、豆二は、三六に柳橋《やなぎばし》の料亭へ呼ばれた。行ってみると、相客があった。額がはげ上り、いかにもひとの良さそうな、まる顔の紳士である。名刺を見ると、ある有名な経済雑誌の南川《みなみかわ》という編集長であった。署名入りで相場指針なども書いており、豆二もその名を知っていた。

南川は、うすい髪の毛をかき上げながらいった。

「実はその名刺は、もう役立たずで……。ぼくは会社をクビになったところでね」

横から、三六が急いでいい足した。

「クビじゃない。自分でおん出たんだ。南川先生は、かけ出し記者のころから、二十年以上も、蠣殻町・兜町を担当してきた。そのうち、ミイラとりがミイラになっちまって、自分も相場に深入りして、この世界に入りびたり。だからまた、あの雑誌に独特な味が出てきたんだが」

「しかし、良かありませんよ、編集長としては。このごろはもう、会社へもろくに顔を出さず、編集会議も、こっちへみんなを呼んでやってた始末ですから、社長が怒るのも、無理はありません」

三六は、その先をひきとって、

「社長はついに、〝雑誌をとるか、相場をとるか〟と、つめ寄ったんだな。そのとき、南川先生、少しもあわてず、〝相場にきまっとる〟

社長は顔色なかったというね」

すでに酒が入っており、三六は目を細め、講談でも語るようにいった。照れくさいのか、南川はしきりに額の汗を拭《ふ》く。

庭先の闇《やみ》を裂いて、白く稲妻が走った。しばらくして、遠くで雷の音がした。

三六は、気持よさそうに話し続けた。

「かくて、南川先生は、おれと並んで、石井将軍の江戸詰め侍大将の一人となった。というのも、今度の大勝負で一財産できる目安がついたからだ」

三六は、豆二に向き直り、

「おまえは理屈好きらしいが、理屈の世界で生きてきた南川先生が、いまは職まで投げうって、これこのとおり、買いに出る。みすみすうかるというのに、なぜ、おまえはぼんやりしているんだ」

稲妻がまたきらめいた。雨の音がはげしくなったが、同時に雷の音も近づいた。

「見ろ、相変らず雨ばかりだ。もはや勝負はあったというのに、天までわれわれに加勢している」

南川はうなずいたが、豆二は知らぬ顔をしていた。

豆二の見方は、ちがっていた。雨は雨でも、それまで降り続いた長雨とちがい、雷雨である。これはついに夏型の気候が戻ってきたということではないのか。白い入道雲や、まぶしい夏の太陽が、闇《やみ》のすぐ裏にまで来ている気がした。

青白い稲妻が、今度は部屋の中まで貫いた。次の瞬間、雷鳴とともに、電灯が消えた。広間の方では、女たちの叫び声や、走り出す音がした。

「停電か。しょうがないな」三六は、つぶやきながら、何かごそごそやっていたが、やがてマッチをすると、細くまるめた紙に火をつけた。青みを帯びた炎。異様なにおい。燃えているその紙を見て、豆二は、はっとした。紙幣である。

「高い電灯代だよ」

炎のあかりの中に、うす笑いしている三六の顔が浮き出る。そのとき、ようやく、仲居が燭台《しょくだい》を持って走りこんできた。

「あら、何を燃やしているの」

「お札だよ」

「もったいない！」

仲居は燭台をタタミの上におくと、その火にとびつき、両手ではさんでたたき消した。札は半分近く燃えていた。

仲居は、その燃え残りを掌《てのひら》に大事そうに受けて、

「これ、銀行に持って行けば、少しは、お金に代わるんじゃない？」

「さあ、どうかな」

「わたし、やってみていい？」

三六は、おうように、うなずいた。仲居は、ハンカチをとり出すと、燃え残りを、ていねいに包んだ。

ふいに、三六が笑い出した。

三六は、仲居の肩をたたいていった。

「いや、正直なところ、早く来てくれて助かった。こっちも何枚も燃やすほど、いまは懐《ふところ》があったかくねえからなあ」

そういったあと、語調を変え、

「しかし、見てみろ。この暮には、大広間を買い切って、ぼんぼん燃やしてやるぞ。そのあかりの中で、芸者衆のハダカおどりだ。そうだな、南川先生」

南川も、大きくうなずいた。

また、はげしく稲妻がきらめいた。悲鳴を上げる仲居を、三六が抱きかかえた。だが、小男のため、かえって大柄の仲居の腕の中であやされている恰好《かっこう》にもなる。

雷鳴がとどろき渡った。

柳橋・新橋・浜町と多くの料亭で買方や売方が宴をはっている時刻である。そのそれぞれの胸の中に、別々の感懐を与えながら、ひびき渡る雷鳴であった。

その夜を境いに、豆二の見とおしどおり、天候は一気に夏型になった。毎日、朝からやけつくような太陽が照り、ほとんど雲ひとつない快晴が続く。時節からいえば残暑だが、酷暑といっていい日々が重なった。米作は、もち直した。凶作かといわれていたのが、平年作なみに回復しそうな勢いであった。

だが、買方の熱気は、強まる一方であった。

九月に入ると、ついに定期米の相場は石《こく》四十円を越し、それでもなお上り続けた。三六の言葉どおり、「暴力買いによって、相場はつくられて行く」という感じであった。過熱を防ぐため、証拠金の引き上げが行われたが、買人気は一向に衰えない。

このため、深川の回米問屋筋の間にも動揺が起ったが、豆二は売りの態度をくずさず、相手の出方を見守った。

豆二には、米の声がきこえ、米の動きが見えた。この年の収穫は別としても、しまいこまれていた各地の米が、しきりに深川へ流入し続けていた。それは表立った動きではなく、注意しなければ見落とされがちだが、米倉庫ぐらしの豆二には、他の倉庫の米の動きまで、潮の干満でも見るようにわかった。そうした在庫を集計すれば、深川には、すでに四十万石近く集まっていると思われた。

石井定七は、大阪で五十万石、東京で三十万石という空前の大目標を立てて、買い進んでいるようである。だが、たとえそれだけ買ったとりきめても、定期米の受け渡しの時期までには、新米も加わって、十二分に米を渡せるというのが、豆二のソロバンであった。

暴力買いによって、いくら高値がつくられようと、渡す米がある以上、浮き足立つことはない。

九月に入ってから、豆二は、奇妙なうわさを耳にした。

石井定七が、米の買占めだけでなく、北浜や兜町の株式仲買店で、鐘紡《かねぼう》新株の大量買いに出ているといううわさである。そのうわさを耳にすると、豆二はすぐ三六に会いに出かけた。あれこれ思いめぐらすより先に、まず大きな耳で情報を集めることである。

三六と南川は、茅場町《かやばちょう》に一軒店を借り、「侍大将」の事務所にしていた。クリーム色の壁紙をはり、しゃれた事務所で、すらりとした洋服姿の女事務員が、三人も居る。コーヒーのにおいもした。

南川と三六は、事務所の奥でしきりに打ち合わせをしていたが、やがてコーヒーが入ったところで、丸テーブルをはさんで、豆二と向かい合った。

「銀座のパウリスタから特別にわけてもらったコーヒー豆だ。どうだ、いい味だろう」

南川は、そんな風にいってコーヒーをすすめたが、豆二には、ただにがいだけであった。

豆二は、「鐘紡新株への買出動のねらいは何か」と単刀直入にきいた。

「ねらいといったって……」二人は顔を見合わせた。その様子に、豆二は、二人が石井からくわしい連絡を受けていないと、察した。石井はさすがに忍者の出らしく、侍大将たちにも知らせずに、大胆な行動に出たのであろう。

コーヒーをすりながら、やがて二人は、それぞれの解釈を述べた。

「一種の陽動作戦だろうな」

と、南川。

「資金力を誇示して見せたわけだ。これほど定期米の買占めをしていて、その上、株の大量買いができるという底力。石井さんには、金はいくらでも湧《わ》き出てくる。おれがいつかいったように、大阪には造幣局が二つあると思えばいいんだ」

豆二は、おとなしく、うなずいてきいた。情報をさぐりにきたのであって、自分の意見をいうためにきたのではない。

「どうだ、まだ買いに転向しないのか」

三六が、少し焦々《いらいら》したように、豆二にいった。

「少々天気が立ち直ったところで、今年は不作にきまっとる。それに、あまりの暴力買いに、おまえ、腰が抜けてしまったようだな」

腰抜けといわれては、豆二も黙って居れない。まだ二十代だし、ケンカ好きの血がさわぎ出す。その気持をおさえて、豆二は一言だけいった。

「たとえ不作にせよ凶作にせよ、米の動きは別ですよ。〝凶作に買いなし〟という言葉を、御存知ないんですか」

「凶作に買いなしだって、変な言葉を持ち出したな」

二人の侍大将は、また顔を見合わせた。

深川に米の在庫がふえ続けている現象など、豆二は説明する気はなかった。相手が求めていない情報を提供する必要はないし、説明したところで、どこまで二人がのみこめることであろう。相場に入りびたって、蠣殻町や兜町だけ歩いているひとには、おそらく、実感としてわかるまい。いや、深川の人々だって、まだはっきりつかんでいないかも知れない。それは、米作地帯を歩き回り、米倉庫の中に寝起きする豆二にして、はじめて肌で感ずることのできる現象ともいえた。

豆二は、二人と別れてから、石井定七の株への買出動の意味についいて、あらためて考えてみた。

もし「陽動作戦」や「資金力の誇示」が目的なら、石井は当然あの二人にも事前に伝え、派手にさわぎ立てさせたであろう。そうでないところを見ると、石井には石井ひとりの思惑があってのこと、と考える他はない。その思惑とは、何なのか。

考えている中、豆二は、ひとつのことに思い当った。

――石井は、米相場で逃げるに逃げられなくなっている。買い方連合の総大将としての立場のためだけでなく、買い一方の強気の性格に自縄自縛になっている。その一方、石井自身は、三六ら侍大将とちがって、微妙な動きを見せはじめた米の気配に気づいている。圧倒的な買いによって勝ち進んでいるように見えるが、十一月なら十一月の定期米の納会日（しめくくって清算する日）がきたとき、その高値でおそろしいほどの量の米を受けなくてはならない。買い方として高値こそ記録したが、その場合、ソロバン上は、はっきりいって敗北になる。受けた米がその値で売れるものなら問題ないが、定期米を集中的に買いあおったため、定期米相場が現物（正米《しょうまい》）の値より高くなるという異常な現象になりつつある。このため、受け米をさばこうとすれば、赤字になる。といって、そのまま、大量の米を抱えているわけにも行かない。買占め資金は、自己資金だけでなく、各銀行から借り集めたもので、寝かせておけば、金利の支払いだけでも巨額なものになる。

石井は追いつめられていた。勝負に勝って、ソロバンに負けようとしている。やがてわかるその敗北を世間の目からごまかすために、そして、いまひとつは、その損失を埋め合わせるために、にわかに鐘紡新株に手を出したのではないだろうか。

そう思うと、豆二はうれしくて、じっとして居られぬ気持になった。自分のソロバンが、石井の圧倒的な暴力買いに勝った。それは、新入幕の力士が押されながらも、うっちゃりで横綱を倒したような気分であった。

石井定七が買いつけた定期米は、堂島で五十万石、蠣殻町で三十万石に達した。そして、十一月分の期米の納会日には、実に五十万六千石の受け米をしなければならぬことになった。

それまでの受け米の最高記録は、明治四十年、松辰《まつしん》と呼ばれた大相場師の受けた三十八万石であったが、それをはるかに上回る大量の受け米に、「果して石井は受けるかどうか」と、世間は危ぶんだ。

この代金は二千三百万円にも上ったが、さすがは石井で、忍者まがいの資金動員力を発揮。金をそろえて、その空前絶後の大量の受け米を行なった。

豆二ら売り手としては、定期米市場の米相場が正米市場のそれより二、三円高いため、正米市場から米を運ぶだけで、サヤがかせげる。利幅は小さくても、扱い量がけたはずれに大きいため、豆二たちの利益は、膨大なものになった。

その上、石井としては、受け米こそしたものの、その米の処理に困り、結局、また豆二たちの店に、その売りさばきをたのんできた。扱い量が膨大なため、その販売手数料が巨大な額に上った。石井相手にもうけて売った米を、その石井に委託されてまた売りさばくという二重の商いになったわけである。

このため石井は千数百万円の損を受けたが、世間は石井の鐘紡新株買占めに気をとられていて、この損は目立たなかった。

石井の侍大将を以《もっ》て任じている三六たちでさえ、その損失に気づかず、石井の買いが終わったあとも、なお定期米を買い続け、痛い目にあった。そして、その損をとり戻そうと、あわてて残りの金をかき集め、石井の後をまた追って、鐘紡新株の買いに向かうのであった。

そうした彼等《かれら》の姿を見ると、豆二は、かつてのお安のセリフではないが、「相場はこわいやないの」と、いってみたくなる。

もちろん、豆二自身は、もはや、こわいとは思わない。天下の大相場師を相手に、輝やかしい一勝を上げたのである。それは、かつての岩本栄之助《いわもとえいのすけ》や三六の悲劇から豆二が抜け目なく学びとった例の教訓によるる勝利ともいえた。

教訓の一——俠気《きょうき》や義理人情にとらわれず、ソロバンに徹する。

教訓の二——一気に大もうけをねらわず、ほどほどのもうけを、着実に積み上げる。腹八分目のもうけに満足する。

教訓の三——イチかバチかでなく、豆を二つまくような戦法をとる。

豆二の勝ちは、厳密にいえば、大相場そのものをはるというより、受けて売ってサヤをかせぎ、また委託売りで手数料をかせぐという形での勝利であった。

形はともかく、豆二は、最終的にソロバンで勝った。

――相場で勝つとは、こうした総合的な、そして最終的な勝ちを意味するものでなくてはならぬ。

と、豆二は思った。

これに対し、石井の戦い方は、これらの教訓のいずれにも背くものであった。石井は強気にとらわれた。しかも、大勝だけを夢見て、一《いっ》本槍《ぽんやり》にイチかバチかで買い進んできた。米から株への転換も、豆を二つまくというより、その一本槍の形を変えただけのことであった。豆二から見れば、石井は敗れるべくして敗れた。

この勝利で、豆二は自信を持った。百戦百勝を目ざす人生がついにひらけた、と思った。

ただ、大損害を受けたはずなのに、石井はいぜん、買いの王者であった。相変らず忍者まがいに巨額の資金を調達し、鐘紡新株をすさまじい勢いで買い進んでいた。このため、九月末、二〇〇円台だった鐘紡新株は、またたく間に三〇〇円を越し、三二〇円、三三〇円と、はね上り続けた。

こうした一日、豆二は、茅場町に在《あ》る三六と南川の事務所に寄ってみた。

三六のふところ具合がよくなったとは思えないのに、調度などがすっかり新しくぜいたくなものになっていた。ただし、南川の童顔は見られなかった。きいてみると、大阪へ出かけ、石井の機関店のひとつに入りこんで、客分格で指揮に当たっているという。

「三六さん、あなたは行かないんですか」

「行くものか。あっちへ行けば、ますます石井の侍大将になるばかりだ」

　この前と口ぶりが変わっていた。豆二が首をかしげていると、

「おれはやっぱり、小さくても、独立の大名が性《しょう》に合う」

「それじゃ、今度は、石井さんとちがって、鐘紡新の買いには出ないんですね」

「いや、それは買ってる。買って買って買いまくっている」

「しかし……」

「石井の侍大将として買うんじゃなく、おれの判断で買ってるんだ。いまや北浜も兜町も、圧倒的に買い一色だ。ここで買わんバカがあるか」

「でもまた、米と同じようなことが、起らないでしょうかねえ」

「米はおまえに負けたよ。まさか、あんなに米が出てくるとは、思ってもみなかった。しかし、株は別だ。株の枚数はきまっている。鐘紡の新株は、総数十六万株しかない。予想以上に米ができたり、古い米が出てきたりするのとは、わけがちがう」

「…………」

「おれの計算では、石井一派で、もう十二、三万株は買っていると見る。残りはわずかで、これに対して石井の資金動員力は、いぜんとして忍者なみに抜群だ。限られた株に、無限の買資金が向かえば、どうなる。棒上げに上げる以外ないじゃないか」

おとなしくうなずく豆二に、三六は、

「大阪の南川からきいた極秘の話だが」

と、前置きして、石井定七の新しい動きを教えてくれた。

当時の取引所は、いまとちがい、売買高に応じて仲買店から手数料が取引所に入る仕組みであったため、大阪株式取引所は、最初の中は、この鐘紡新株の異様な高騰も静観していた。しかし、あまりの高値続きに世間がさわがしくなったため、手数料とは別に仲買店が取引所へ納入する証拠金の額を倍に引き上げた。

だが、石井一派の買いは、いぜんとして衰えない。それというのも、

「取引所に納入する証拠金は、現金またはこれに代る有価証券に限る」

という規定があるのに、取引所理事長の独断で、石井の機関店に限って、ひそかにこの規定を無視し、から手形を認めているためで、仲買

店が手形さえ書けばすむようにしている。いや、それはかりか、この理事長は、ある大手銀行に口をきき、石井のために数百万円の融資をとりはからわせてもいる。石井はこの理事長の持ち株を相場より高く買いとってやり、融資に対しては、手数料名義で多額の謝礼を出している。つまり、取引所理事長まで石井一派の中に巻きこまれた形であり、このため規制は腰くだけとなり、一方、石井の資金動員力はいぜんとして底を知らずという勢いである——。

話が、一段落したところで、三六は豆二にいった。

「どうだ、買いにきまっているだろう」

豆二は、すぐには答えなかった。米相場での大打撃を受けたというのに、その手負いの痛みも見せぬ石井の戦いぶりに、目をみはるような思いがした。いつか見た荒法師に似たあの風貌《ふうぼう》の男が、ひとりで市場をひっかき回しているかと思うと、その精気に当てられ、ひきずりこまれそうな気がした。

しかし、豆二はふみとどまった。石井定七の戦いぶりは、壮烈かも知れない。だが、ソロバンはどうなる。大勝利だけ夢見て猪突《ちょとつ》して、勝利はあるのか。豆二には、無理が感じられた。熱くなっている三六には、その無理が見えていない。

豆二は、三六をあやすようにいった。

「もうけは、ほどほどでよいのではないですか。見切り千両ですよ。侍大将をやめられたことだし、さっと手をひかれては。〝仕掛けは処女のごとく、手仕舞いは脱兎《だっと》のごとし〟などといいますものね」

三六は、鼻を鳴らすと、すぐいい返した。

「行き過ぎもまた相場、というじゃないか」

「……でも、こんな風にただ一本に買い進むなんて」

「あれこれ考えてやれ、とでもいうのかい。それこそ、相場の器用貧乏というもんだ」

鐘紡新株はなお高騰を続け、年が明けると、ついに三五〇円を越し、三六〇円に迫った。三六の笑顔が目に見えるようであった。そして二月、株価は三六三円という高値を記録、新株の総数は十六万株なのに、石井の買いで二月中に引き渡しの期限のくるものだけで二十一万株に及んだ。売り手としては、売約束したものの、その株がない。異常事態であった。さまざまのうわさや思惑が、みだれとんだ。

こうした中で、二月も押しつまった二十八日、突然、石井の小切手が不渡りになったというニュースが流れた。南川が客分格で入っていた仲買店がすかさず八万株という大量の株を一気に売りに出、石井と親しい取引所理事長も、売りに出た。石井勢内部の反乱である。このため、なだれのように売りものが殺到し、市場は大混乱に陥った。大阪などでは、株式取引所は立ち会い停止。米穀取引所まで巻き添えをくって、立ち会い停止に追いやられた。

厳密にいえば、ニュースは誤報であった。不渡り小切手を出したのは、石井ではなく、石井の義弟であったが、あまりにも背のびし切った石井に対する不安感が、それをきっかけに爆発し、あと一息のところで、石井をひき倒した形であった。買い方は、大敗した。石井の負債総額は八千万円を越した。「借金王」だけに、債務を負う銀行だけで七十行を越した。

三月下旬の一日、豆二がまた茅場町を訪ねてみると、三六の事務所はすでに空家になっており、素浪人となった三六の姿は、兜町かいわいから消えていた。

七　金庫とヤカン

帳場でソロバンを入れていた豆二は、ふいに床下からはげしく突き上げられる気がした。目の前の壁にひびが走り、土煙がふき出す。

「地震だぞ。おい、みんな、気をつけろ」

豆二は、大声で叫んで、外へ出た。ゆれが続き、立って居られない。地面そのものが盛り上ってくる感じである。地鳴りのような音がし、近くの土蔵づくりの家が、くずれ落ちた。

あちこちの屋根から、瓦《かわら》が土ぼこりとともに滑り落ちてくる。すぐ先の道路に穴があいたと思うと、そこから濁った水が噴き出した。

大地震であった。路上に出た人々も、まっすぐ立っている姿はない。よろめいたり、うずくまったり、大地とともにゆれている。空の色が、変に白っぽかった。

やがて、大きなゆれはおさまった。豆二は、気をとり直した。ゆれは思い出したようにやってくるが、もう心配は要《い》らぬと思った。店に戻って、掛時計に目をやると、十二時少し前のところで、振子がとまっていた。大正十二年（一九二三年）九月一日のことである。

豆二は、手早く小僧たちを指揮して、被害をたしかめさせた。

店の関係者に、けが人はなかった。建物も、保《も》ちこたえている。米倉庫の方も、ひびは入ったが無事ということであった。

豆二は、ほっとしたが、次に家のことを思い出し、不安にかられた。

生まれてまもない赤ん坊を抱え、冬子はどうしているだろうか。

安普請《やすぶしん》の借家がつぶれ、けがでもしてはいないか。無事だとしても、お嬢さん育ちで苦労知らずの冬子のこと。どうすればよいか、途方にくれているのではないか。

泣きながら、おろおろしている冬子の姿が、豆二には目に見えるような気がした。

お安のような女を妻として居れば、こうした場合も、さほど心配することはないかも知れぬ。しかし、「タカネの花」であり「ハキダメのツル」でもあるような冬子では——。花もツルも、地震の前では、ひとたまりもあるまい。

豆二はじっとして居れなくなった。とにかく、牛込《うしごめ》の借家へ戻らなくては。

市電の動いている様子はなかった。車も走れないであろう。豆二は、思いついて自転車を出させた。

半ばくずれかかった永代橋《えいたいばし》を苦心して渡り、あとは、けんめいにペダルをふんだ。二階家で、二階の軒が地についている家もあれば、地面にくずれ落ちてしまっている家もある。木や電柱が倒れ、道路には亀裂《きれつ》が走っていた。豆二は、夢中でペダルをふんだ。

道路には、どこも人がこぼれていた。放心してうずくまっている人もあれば、右往左往する人もある。隊伍《たいご》を組むようにして動き出す人もある。そうした中を、豆二は体中、汗と砂ぼこりにまみれて、自転車を走らせ、牛込へたどり着いた。

幸い、家は残っていた。豆二は、自転車をとび下り、大声で冬子を呼んだ。腰が抜けて座りこんでいるか、かけ寄って腕の中へとびこんでくるか。いずれにせよ、涙の対面とでもいった光景を予想し、豆二は胸の中が熱くなった。

だが、冬子の反応は、そのいずれでもなかった。赤ん坊を背負った冬子は、いつもと変わらぬ足どりで、階段を下りてきた。そして、豆

二を見て目をみはり、

「あら、帰っていらしたの」

「ハイ」

「どうして……」

「どうしてったって……」

豆二は、理由のない早退をとがめられた子供のような気がした。

「こちらは、御覧のように大丈夫よ。すぐお店へ帰っていいわ」

「えっ」

「だって、ここに居たって、あなた、何もすることないでしょ」

「……………」

「こういう場合ですもの、お店に居なくちゃ」

そのことに何の疑問も持たぬ目でいう。豆二はうなずいた。そういわれれば、そのとおりであって、返す言葉がない。

あとは余震ばかりで、大ゆれがあるとは思えないし、それに、そのかいわいの被害は、深川あたりよりは、全般的に軽いようであった。

だが、そうしたことより、冬子の背中の赤ん坊の寝顔が、豆二に安《あん》堵《ど》を感じさせた。赤ん坊は、軽い寝息を立て、気持よさそうに眠っている。いつもと少しも変わらぬ寝顔である。冬子がうろたえていたのでは、この寝顔はない。

豆二の視線に気づき、冬子は笑って、

「あんなにゆれたのに、この子は、一度も目をさまさないんですよ」

うれしそうにいう。それがまた、冬子に元気をつけている原因のひとつにもなっているようであった。大審院判事をしている冬子の父のところからも、すでに見舞いの使いがきたが、そうした様子に安心して帰ったともいう。ただ、用心のため、その日は冬子の父がそこへ泊りにきてもいいとの伝言があったともいった。

豆二は、店へ引き返すことにした。何度もふり返りながら、深川めがけて、自転車のペダルをふんだ。おそろしい火の手が待ち受けていることなど、知る由もなかった。

先刻通ったのと同じ道なのに、人の数はふくれ上り、川のようになって動き出していた。その川の源の方向に目をやって、豆二はぎくりとした。黒い煙が中天に立ち上っていた。よく見ると、煙の柱は一か所だけではなかった。

豆二は、あとにしてきた家のことが、不安になった。冬子の態度は、健気《けなげ》といえば健気だが、それは、意識してというより、こわいもの知らずのせいではなかったのか。災害のほんとうのこわさを知っていれば、豆二にすがりつかずには居られぬ状況のはずである。

ただ、豆二は、もう引き返さなかった。考えてみれば、こわいもの知らずほど、こわいものはない。冬子には、一種の度胸の良さがある。はらにきめれば、もう動かないようなところがある。そして、そこでおもしろがっている。まるで世界のちがう豆二のような男にとついできたのも、そのひとつのあらわれであろう。

人の流れに逆らうようにして、ようやく大川端まできた。川向うのはるか先には、すでに大きな火の手が幾か所も上っていた。一度は危険だとは思ったが、足をふみ出してしまうと、豆二はもう象のように鈍感になった。自転車をすて、橋桁《はしげた》をつたうようにして永代橋を渡る。橋の上では、逃げてくる人同士がもみ合い、中には川へ落ちる人もあったが、だれにも助ける余裕はない。

ようやく橋を渡ったが、その先も、人と荷車の渦《うず》である。迫ってくる煙と火の粉に追われ、必死になって逃げてくる。豆二は、大男だからこそ、かろうじて、その流れに逆らって進むことができた。

店へたどり着くと、もうほとんどの者が逃げ出し、小僧が三人だけ残っていた。一人は放心したように赤い空を仰ぎ、一人は自分の身の回りのものを山のように背負いこんでいる。

そしていま一人は、どういうつもりか、タタミをかつぎ出していた。

三人は、豆二を見ると、いっせいに、

「どうします」

「どうしたらいいんですか」

男のくせに、しがみつかんばかりである。豆二はどなった。

「まず米だ。倉から米を三俵出せ」

「米ですか、こんなときに」

「商売じゃない、食うためだ。食いものを考えるんだ」

豆二はいうが早いか、米倉庫めがけて、かけ出した。

四人がかりで、三俵の米を、倉庫の岸壁につけていた伝馬船《てんません》にかつぎこんだ。陸上では、とても動きがとれないと、判断したからである。

食いものを確保して、豆二は、まず一安心であった。だが、だからといって、すぐそのまま船にのって避難する気にはならない。どんなときでも、豆を二つまかなくては。米に加えて、現金の用意をしておかなくては。

豆二は、念のためにきいてみた。

「手さげ金庫はどうした。だれか番頭が持って逃げたろうな」

小僧三人は首をかしげた。手さげとは名ばかりで、かなり大型の金庫であり、簡単に持ち運べるものではない。といって、盗難はともかく、十分に火に耐えるという話もきいていない。豆二は、気になった。これも船に積んでおけば、まちがいなかろう。

すでに、空気は熱くなり、火の粉が舞い落ちてきていた。そうした中を、豆二はふたたび手負いの象のようになって、店へ向かって走った。

現金などが三万円入っている手さげ金庫は、赤い光を浴びながら、帳場の奥に静まっていた。豆二は、それを抱えこみ、店の外へ出た。

火の回りは意外に早く、いまきたばかりの方角も、すでに煙の中に包まれていた。それに、金庫はかなりの持ち重みがして、走るにも走れない。さすがの豆二も、牛込への往復などから、すでに体力をつかい果しており、足もとがふらついた。小僧たちの待つ伝馬船《てんません》まで、果してたどりつけるかどうか。焦げた風が、火の粉を降らせてくる。真赤にきらめきながら、焼けたトタン板の破片までとんできた。

豆二は、立ちすくんだ。金庫を下し、生きていることをたしかめるように、大きな耳たぶにさわった。冷たいはずの耳たぶまで、何か別の器具のように熱くなっていた。背後の永代橋の方角からは、人々の逃げまどうざわめきや叫びがきこえる。その叫喚にまじって、「豆二さん！」と呼ぶ女の声を、豆二は耳にした。

豆二は、不気味な気がした。すでに犬の子まで逃げて、あたりには生きものの気配さえないはずである。それに、その声は、豆二の足もと、地の底から立ち上るようにして、きこえてきた。幻聴といいたいが、豆二の大きな耳は、まぎれもなく自分の名を呼ぶ声をきいていた。

豆二が、声のした地面にこわごわ目をやるのとほとんど同時に、そこから声がした。

「豆二さん、ここや」

地面の切れた下から、ざんばら髪が見えた。灰で汚れたざんばら髪が持ち上ると、その下に、すすけた顔に歯だけ光らせた女が現われた。お安であった。忘れられたように堀割につないであるハシケの一艘《いっそう》に、お安ひとりがのっていた。すべてをあきらめ、死を待つばかりの女乞食、とてもいった形相である。

「どうした、どうして逃げないんだ」

船頭の居る伝馬船ならともかく、動けないハシケに居たのでは、火の海の中にとり残されるばかりである。

お安は、ゆっくり首を横に振った。

「あいにく、三日前、ころんで足をくじいたところや。もう逃げられはせん」

「しかし……」

「ここは水の上や。火は水を渡らんやろ」

お安は、豆二にもそういってほしいという顔をした。豆二は、声が出なかった。すでに炎の色に染まった水に、火の粉が音を立てて落ちる。

「あんたも、乗ってや」

お安が切迫した声でいった。その目が、救いを求めて、いっぱいに見開く。豆二は動揺したが、

「いや、おれは小僧を三人待たせてある。あいつたちを見てやらなくちゃ」

「薄情！」と罵《ののし》られるかと思ったが、お安は、意外にも、しおらしくうなずいた。

「そうか。それもそうやな」

あっさりそういわれると、豆二は、よけいお安があわれになった。体が二つほしいところである。

ただ、そこで感傷的になっている時間はなかった。大川を背に、すでに炎は三方からうなりを立てて、迫ってきていた。もはや、そこから先へ金庫を運ぶ余地もない。豆二は思いついて、お安にたのんだ。

「店の金庫だ。そのハシケにのせておいてくれんか」

がめついお安だが、それだけに金を大事にしてくれるだろう。もし、そのまま持ち逃げされたら、そのときは、お安を信じた自分を罰するだけだと思った。

お安はうなずいた。いまは何をいっても、うなずきそうなお安であった。

豆二は、最後の力をふりしぼって、金庫をハシケへ運びこんだが、そのとき、妙なことに気づいた。お安ともあろうものが、ハシケの中には、ヤカンがひとつころがっているだけである。

「あんた、金目のものは？」

「それがな。どういうわけか、気がついてみたら、こんなものだけ持ってきてたんや」

お安は、すすけた顔をひきつらせ、ヤカンをつまみ上げた。

「同じ金目でも、あんたは金庫、わてはヤカン。ヤカンでは、あかん。やっぱり、いざとなると、わては、女やなあ」

その間にも、炎が迫ってきた。熱風のほえるような音がし、顔が熱くなってきた。お安の顔も、火の色を赤く映している。豆二を見上げる目にも、炎がゆれている。――お安は心細いのではないか。いっしょに居てやりたい。

と、豆二は思った。米倉庫の方角は、すでに煙に包まれていた。果してそこまでたどりつけるかどうかも怪しい。ただ、それでも、店を預かる身としては、残った三人の小僧と生死を共にすべきだと思った。去るも地獄、残るも地獄とは、こういうことをいうのであろう。

豆二は、血を吐く思いでいった。

「やっぱり、おれは行く。お安、気をつけてな」

「あんたこそ」

二人は、目を見合わせた。互いに最後の姿を、まぶたにやきつけようとするように。この火勢の中では、どちらかが死ぬ、あるいは、二人とも死ぬかも知れぬ。

豆二は、ふたたび手負いの象のようになって、走り出した。うなりを立てて、炎が迫っていた。火の粉というより、火の玉が降ってくる。熱風が小さな竜巻のように渦《うず》を巻いて、豆二の体は、しばしば宙に持ち上げられそうになる。その体を地に押しつける思いで、豆二は身をかがめ、夢中で走った。

仙台堀までくると、小僧たちののる伝馬船《てんません》が炎に追われ、ちょうど岸を離れようとするところであった。豆二は、勢いをつけて、岸壁からとびのった。間一髪のところであった。

船頭は、あわただしく櫓《ろ》をこいだ。堀の色は、燃える炎を映して、緋色《ひいろ》に、あるいは白金色に波立っていた。

舟は、仙台堀から隅田川に出た。

ほっとしていいところだが、豆二たちは目をみはり、叫び声をあげた。両岸がすべて大火であった。見渡す限り、炎と煙に蔽《おお》われ、雨戸や家財の一部が、燃えながら空を舞って行く。

一面、火の海で、その中にかろうじて炎の色に染まりながら、一条の水路が残っているという感じであった。その水路を、伝馬船は海に向かって下った。他にも何隻かの船が、競い合うように下流へ急いでいた。

けんめいに漕《こ》ぎながら、船頭がいった。

「小僧さん、おれの体に水をかけてくれ」

小僧たちは水くみをとると、怒った仁王のような船頭の体に、こもごも川の水を浴びせた。熱いのは、船頭だけではなかった。髪が焦げ、肌が焼け落ちそうである。豆二は、船底に何枚ものムシロがあるのに気づき、それを川の水にひたして、体にかけた。小僧たちにもやらせたが、そのムシロから、すぐ湯気が立ち上りはじめた。

舟は永代橋をくぐった。逃げようとする人々が殺到し、橋の上は、修羅場になっていた。わめきや悲鳴が空に満ち、一人また一人と、人影がふり落とされてくる。それに、橋そのものが、あちこちで燃え出していた。豆二たちの舟は、辛うじてその下をくぐり抜け、下流に逃れた。

月島《つきしま》まできて、ほっと一息つく間もなく、炎がまた迫ってきた。火の粉が落ちて舟が燃え出し、五人がかりであわてて川の水をかけて消すさわぎであった。

焦げたにおいが満ち、まるでこの世とは思えぬ暗い一夜が過ぎた。星だけがいつもと同じようにまたたいているのが、ふしぎであり、また腹立たしいほどであった。

次の日、豆二たちの伝馬船は、前日のコースを逆にさかのぼった。川には、黒いゴム人形のようにふくらんだ死体が、いくつも浮いて流れていた。永代橋のまわりも、焦げた死体の山であった。

仙台堀に入り、米倉庫に着く。逃げるときにはまだ安泰だった倉庫まで焼けくずれ、どこから迷いこんだのか、そこで折り重なって死んでいる人々もあった。疲れからだけでなく、あまりに無残な光景続きに、さすがの豆二も、座りこんで顔を蔽《おお》っていたい思いであった。

「ど、どうします」

小僧たちにふるえる声でいわれ、豆二はようやく気をとり直した。

「とにかく様子を見てくる」

豆二は、店の方角に向かって足をふみ出した。

牛込方面は大火を免れたらしいとのうわさを、耳にしていた。冬子や赤ん坊は、まず無事と思っていいであろう。それに、永代橋はじめ隅田川の河口近くにかかる橋は、ほとんど焼け落ちてしまっており、豆二としては、牛込に帰るのをあきらめる他なかった。

もっとも、倉庫からそれほど出歩かなくとも、店の様子はわかった。店のあった一木橋あたりにかけて、建物はすべて焼け落ち、ただ焼土が続くばかり。いや、深川一円が、ただ赤茶けた瓦礫《がれき》の野と変わり果て、はるか先まで見通すことができるようになっていた。

――それにしても、お安ののったハシケはどうなったのか。

広々とした大河の河口に居た豆二の舟まで、燃え出している。小さな堀割の中のハシケが無事だとは思えなかったが、果して、どこの堀でも、ハシケは焼けたり、沈んだりしていた。

豆二は、米倉庫と店のほぼ中間、この世のものと思えぬようなお安の声に呼びとめられたあたりへ行ってみた。

岸壁に立つと、堀には焼けた木片や家具などがいっぱいに浮いていて、ハシケの姿はなかった。豆二は、暗然とした。ついにお安もハシケもろとも沈んでしまったのかと思った。片手に屋島商店の金庫を抱え、片手にヤカンを持ったまま、うつぶしたざんばら髪が火に燃え上って行くさまが、目に見えるような気がした。あのとき無理にでも連れ出せばよかったと、にがいものが胸にこみ上げてきた。

うつむいて歩き出しながら、

「お安、お安」

と、つい声に出したが、五十メートルと行かぬ中、豆二は前にのめるようにして立ち止まった。

豆二の想像したとおりのお安の姿が、すぐ目の下の堀割に浮かんでいた。ハシケの三分の一ほどが大きな材木の端のようになって浮かんだところに、お安が金庫によりかかるようにして、半ば水につかりながら、うつぶせになっていた。髪も着物も焦げ、最後までそれで水をかけようとしていたのか、右手にヤカンをにぎりしめて。

豆二は、様子をよく見てから、岸壁をすべり下り、そっと、浮いているハシケの端にのった。金庫は二の次である。もし沈みかけるなら、お安の体を抱きとって泳ぐつもりであった。

よどんだ堀割では、夏の日の下ですでにくさりはじめているものがあるのか、異様な悪臭がたれこめていた。

豆二は、大きな体を屈《かが》め、お安に手をのばしたが、その手が思わずふるえた。お安の背が、わずかだが動いたからである。

お安は、息も絶え絶えながら、まだ生きていた。冷え切っていた体も、背負って歩く中、あたたかみがよみがえってきた。他に行き場もないままに、豆二はお安を伝馬船まで運んで寝かせた。

幸い、米だけは三俵もある。小僧たちに焼跡から燃え残りの木や鍋《なべ》をひろわせて、御飯をたき、お安のためには重湯《おもゆ》をつくった。お安は生命力の強い女であった。次の朝には、口をきけるようになった。

お安は、廃墟《はいきょ》の中で、自分が米俵とともに伝馬船に寝かされているのに気づくと、やつれた顔に笑いを浮かべていった。

「どうや、わてのいうたとおりやろ」

「何が……」

「あんたは、どんなことがあっても、乗物と食いものに不自由はせんのや」

たしかにそのとおりであった。あの混乱の中で、とっさに三俵もの米を運び出したのは、おそらく何百万の罹災者《りさいしゃ》中、豆二ひとりであろう。焼跡では、罹災者のため、細々と炊《た》き出しが行われているが、豆二たちは、一度として、その厄介《やっかい》になる必要はなかった。

それに、市電はじめ交通機関のほとんどが不通となり、また、深川付近は橋の多くが落ちて、孤島に近い不便さなのだが、伝馬船住まいのおかげで、スピードこそおそいが、どこへ出かけるにも不自由はなかった。

天変地異の中でも、食いものと乗物に不自由することがない。そう思うと、豆二は、大きな体の中に、みずみずしい勇気と自信が溢《あふ》れてくるような気がした。

豆二は、つけ加えていった。

「そういえば、金にも不自由せんな」

「金？」

お安の目が、ぎょろりと動いた。豆二は、あやすようにうなずき、

「あんたに預けておいたおかげで、金庫は無事だった。泥水に浸って
はいたが、とにかく札も小切手も、そのままだ」

「なんぼ入ってたんや」

「約三万円」

お安は、大きくため息をついた。安心するというより、うらやまし
そうであり、口惜《くや》しそうであった。

「こういうときは、預金があっても引き出せん。現金しか物をいわん
からな。大助かりだ」

罹災《りさい》した店員たちの見舞いや手当てをはじめ、現金は次々と出て行く。それに、現金のあるおかげで、豆二は焼跡に近所では最初にバラックの店を建てさせる段取りをつけた。

だが、お安も負けてはいなかった。体が回復すると、豆二のとめるのもきかず、舟から出て行った。

それから十日ほどしたある夕方、豆二が相生橋《あいおいばし》近くを通ると、焼跡の一隅に人だかりがし、蓄音機かららしい浪花節《なにわぶし》がきこえてきた。浪曲好きの豆二は、思わず足をとめた。広沢虎丸《ひろさわとらまる》の「塩原多助《しおばらたすけ》」をやっている。なつかしかった。にわかに人心地がつく。どこも赤茶けた風景ばかりで、心の中まで赤茶けていたのに、はじめて緑の雨に濡《ぬ》れるような思いがした。

豆二は、人だかりに寄って行った。そこからは、何か汁物でもたいているらしいにおいがした。

立って輪になっている人々の中に、さらに幾人かが、茶わんを手に、石などに腰を下していた。

奥に、古びた蓄音機が一台。その横の焼けトタンで囲ったささやかな炊事場から、タスキがけの小さな女が出てきたが、まっくろなその顔を見て、豆二は声をあげた。

「お安!」

大男の豆二に、お安はすぐ気づいた。走るように寄ってくると、

「どうや、スイトンいらんか」

「えっ」

「一ぱい十銭や」

「もう商売やってるのか」

「そうや、スイトンしかできへんけど、結構売れるわ」

「…………」

「あんた、食いにきたんやなくて、浪花節ききにきたんか」

「いや、その……」

「きくだけなら、タダやで。みんな、タダできいてはるわ」

豆二は、少し声を落として、きいた。

「あんたともあろうものが、タダでいいのか」

「なんぼ、わてががめついいうたかて、こんなとき、金とれるかいな」

お安もまた、そこで声を低くし、

「正直いって、まだ、わてもそこまでがめつうなる元気出んのや」

「それにしても……」

お安は、客の座っている石を指さし、

「ただ、少しは宣伝になるかもしらん。朝日亭のことを思い出し、いつかやってきてくれはるかも知れんよってな」

石にも、焼けトタンにも、むやみに「朝日亭」「朝日亭」と、下手《へた》な字が大書してあった。盗難予防のためもあるが、やはり、宣伝を考えてのことであろう。

無数の男たちが居るというのに豆二はじめ、まだ営業再開にこぎつけてはいない。そこへ、スイトン屋とはいえ、お安ひとりが営業をはじめ、また宣伝をはじめている――。

豆二は、してやられた気がした。

豆二は、思いついてきいてみた。

「あんた、どこで寝起きしてるんだ」

お安は、橋のたもとにある大きな工事用の土管をさした。

「あそこや。がっちりした家やで、もう地震もこわないわ」

「…………」

「それに、わての風呂場《ふろば》はあそこや」

土管の少し先に、水道がこわれて水のたまっているところがあった。

「あそこで、夜ふけに水浴びしてるんや。わてのハダカが、タダで見られるんやで」

お安の虚勢をはろうとする気持がわかり、痛々しかった。

「舟へ来て泊れよ。土管の中よりは、ましだろう」

「いやいや。あんたと、もしまちがいがあったら、困るさかいな」

「まさか」

「まさかとはなんや。男と女の仲やで」

「そりゃそうだ。失言だった」

豆二が頭を下げると、お安は、まじめな口調になっていった。

「ほんまいうとな、舟の方が楽でええ。あんたらが大事にしてくれるさかいな。親船にのった気持いうのは、ああいうのやろ」

「それなら……」

「だから、あかんのや。あんたにあまえる気が起きる。ひとにあまえたら、あかんのや。わては心に決めとる。体が動ける限り、とにかく働かなあかんと」

レコードは終った。お安は走って行って、裏に返した。人々はだれも動こうとしない。お安は豆二に身を寄せ、ささやくようにいった。

「みんな、ぼやっとしてはる。欲なんか、なくしてしもうた顔や。こんなひどい目見たんや、もう欲ばらんとてええやないか、というてはる」

豆二がうなずくと、お安はすぐ言葉を続けて、

「けど、わての考えはちがうんや。生き残ったわてらは、運が強いということや。死んだ人の分まで、がめつう生きられるということや」

そのとき、「スイトンふたつ！」という声がかかった。

「へーい」高い声を上げて答えると、お安は小さな身をひるがえし、焼けトタンの炊事場に走った。

古びた蓄音機からは、愛馬との別れを惜しむ多助の心境をうたう浪花節《なにわぶし》の声が流れている。男たちは、口ひとつきこうとしない。

見渡す限りの広大な焼野原の向うに、大きな真紅の太陽が、ゆっくりと沈むところであった。

本書は、株式会社ＫＡＤＯＫＡＷＡのご厚意により、角川文庫『百戦百勝』を底本としました。但し、頁数の都合により、上巻・下巻の二分冊といたしました。

百戦百勝―働き一両・考え五両―　上

（大活字本シリーズ）

2019年 6 月10日発行（限定部数500部）

底　本　角川文庫『百戦百勝』

定　価　（本体 3, 200円＋税）

著　者　城山　三郎

発行者　並木　則康

発行所　社会福祉法人 埼玉福祉会

埼玉県新座市堀ノ内 3―7―31　〒352―0023

電話　048―481―2181

振替　00160―3―24404

印刷製本所　社会福祉法人 埼玉福祉会 印刷事業部

ISBN 978-4-86596-278-9

大活字本シリーズ発刊の趣意

現在，全国で65才以上の高齢者は1，240万人にも及び，我が国も先進諸国なみに高齢化社会になってまいりました。これらの人々は，多かれ少なかれ視力が衰えてきております。また一方，視力障害者のうちの約半数は弱視障害者で，18万人を数えますが，全盲と弱視の割合は，医学の進歩によって弱視者が増える傾向にあると言われております。

私どもの社会生活は，職業上も，文化生活上も，活字を除外しては考えられません。拡大鏡や拡大テレビなどを使用しても，眼の疲労は早く，活字が大きいことが一番望まれています。しかしながら，大きな活字で組みますと，ページ数が増大し，かつ販売部数がそれほどまとまらないので，いきおいコスト高となってしまうために，どこの出版社でも発行に踏み切れないのが実態であります。

埼玉福祉会は，老人や弱視者に少しでも読み易い大活字本を提供することを念願とし，身体障害者の働く工場を母胎として，製作し発行することに踏み切りました。

何卒，強力なご支援をいただき，図書館・盲学校・弱視学級のある学校・福祉センター・老人ホーム・病院等々に広く普及し，多くの人人に利用されることを切望してやみません。